青春诗文集

清溪

吕　丹◎著

云南出版集团
云南人民出版社

图书在版编目（CIP）数据

清溪 / 吕丹著. —昆明 : 云南人民出版社，2020.5
ISBN 978-7-222-19176-1

Ⅰ. ①清… Ⅱ. ①吕… Ⅲ. ①随笔—作品集—中国—当代 Ⅳ. ①I267.1

中国版本图书馆 CIP 数据核字（2020）第 009989 号

责任编辑：王　逍
特约编辑：张靖雨
装帧设计：云思博雅
责任校对：任　娜
责任印制：代隆参

清溪
吕　丹　著

出版　云南出版集团　云南人民出版社
发行　云南人民出版社
社址　昆明市环城西路609号
邮编　650034
网址　www.ynpph.com.cn
E-mail　ynrms@sina.com
开本　880mm×1230mm　1/32
印张　6
字数　105千
版次　2020年5月第1版　第1次印刷
印刷　北京虎彩文化传播有限公司
书号　ISBN 978-7-222-19176-1
定价　38.00元

如需购买图书、反馈意见，请与我社联系
总编室：0871-64109126　发行部：0871-64108507　审校部：0871-64164626　印制部：0871-64191534

作者自序

我萌发出版个人文集的想法是在中学时代。非常幸运地，承蒙两位中学语文老师的厚爱和鼓励，我进而对写作产生了浓厚的兴趣，每每有所经历，或有所感悟时，我总要倾吐于白纸与墨水之间才觉畅快。

那时我的作文本常常在同学之间传阅，偶有遗失，着实令人惋惜。也是从那时开始，我陆续在一些杂志报纸上发表习作，于是便萌生了一个文学梦——梦想有一日能将我的习作结集出版。谁知，这梦想一拖就是十余年。

大学时代我进入了工科院校学习，专业上与文学有些疏离。虽然我在课余还是常常写散文随笔，但是却没有更多时间去整理以前的文稿。大学毕业后我赴美继续攻读本专业的博士学位，科研工作异常繁忙，只能将文学梦想暂时搁置……

借着2015年回国探亲的机会，我将中学时代的文稿都一一拍照。两年之后，博士毕业。经过近十年的忙碌，我终于拥有了片刻的闲暇时光。多年前的梦想仍在催促着我，我便一心扑在了文稿的整理工作中。

时隔十余年，我再次审视起当年的习作。那熟悉又陌生的文字，读来有些拙劣、却也质朴，有些稚气、却也可爱，自有一股属于少年时代的灵气和清澈。

本文集中的每篇习作都是我从众多的文稿中挑选出来，我个人认为比较适合中学生阅读的。我也对部分习作进行了修改和润色，在最大程度保持其原貌的原则下，对文章的遣词造句做了进一步规范和提升，以达到更好的阅读效果。值得一提的是，部分习作后附有教师点评或者作者自评，更易于学生读者理解和欣赏。

在此我要特别感谢我的母校，陕西武功5702中学对我的栽培养育。感谢韦民选老师对本书出版工作的大力支持。感谢我的文学启蒙者郑惠娟老师，王金芳老师，汪笑东老师。感谢王补社老师和傅金芳老师对书中文章所做出的点评以及对本书提出的宝贵意见。也感谢德克萨斯A&M大学国际教育学院史卫东老师对于文章初稿提出仔细的修改意见。正因为有了你们的帮助，这本书才得以面世。

文学梦的种子沉睡多年，终能发芽开花，不负初心。若读者朋友能从中收获一二，那将是这颗种子所结出的最美果实。

目　录

豆蔻年华

花季雨季

心语呢喃

诗心一瓣

豆蔻年华

早上向小鸟问好

晚上和彩霞谈心

我有一万个梦想

一会儿想这个，一会儿想那个

但从不曾离开的是希望啊！

春之绿

春姑娘带着温馨的笑容，挥洒着五彩的花瓣，悄悄地来到了人间。刚立春，似乎春天还不那样明显，但春天的种子却悄悄地萌发了……

春天的来到，柳，似乎比谁都知道得早。早春薄寒，它僵硬的枝条就开始苏醒，绽开了嫩绿的叶芽。远看，那蒙蒙的绿，如烟似纱、有浓有淡，就像画笔在宣纸上勾勒出来的一般。微风拂柳，柳树宛如一位身着翠衣的少女在翩翩起舞。近看，那无数只可爱的嫩芽，形态各异、大小不同，像千万只黄绿色的蝴蝶停在柳枝上；又像数枚动人的发卡点缀着柳树那长长的发辫；更像一条条垂下的绿色玛瑙。整株柳树，就是一座翠色的水晶宫。

渐渐的，身边的每一片土地都显出了春天的足迹。小草偷偷地钻了出来，连成一片，像一块柔软的地毯。碧绿色细长的草叶上，嵌着水晶般的露珠，带着草的芬芳。整齐的冬青树抽出碧绿的新叶，每一片都是那么一尘不染、翠绿欲滴。

春姑娘走过的地方，都显出了各自的绿，或深或浅，或浓或淡，有疏有密。春之绿，就是一幅天然的油画。

春之绿，你真美！

教师点评

大题目需要小的切入点，这篇习作是个典范。只抓住了早春的柳和刚冒出头的小草，但春天的气息已扑面而来。

——王补社

集　邮

我爱好集邮。在我的集邮册内，躺着各式各样、五花八门的邮票。从类型来分，有普通邮票、纪念邮票、特种邮票、小样票等。从内容来分就更多了，有关于历史、政治、自然、艺术、民俗等的邮票。

邮票让我增长了不少见识。翻开我的集邮册，就像步入了一条精美的艺术长廊，被一路沿途的旖旎风景所迷醉；又如在阅读一本瑰丽的奇书，被其中那妙不可言的真理所折服。

观自然地理邮票有如旅行，此刻还在九寨沟，下一时就飞往了法国的卢浮宫。看吧，峨眉山、武陵源、神农架、黄果树……挨个儿等你去游览。真有种“坐地日行八万里”的感受。在自然类邮票中，我最喜欢那套“长江三峡”。在邮票画师的妙笔下，真实三峡的神韵被原封不动地移入了邮票中，“白帝城”“瞿塘峡”“巫峡”“神女峰”“西陵峡”“屈原祠”六张各有千秋，氤氲着一种水墨画的淡雅气息，意境高远。尤其是那张小型张，更是我的珍藏，一张邮票上，三峡全景尽收眼底。

观神话历史邮票如穿梭时空，去观战火烧赤壁，去送昭君出塞，去西湖看断桥相会，去寻访梁祝情深化蝶。邮票仿佛拉近了我与古人的距离，让我能更了解他们，感知他们的精神。

观政治邮票知国际政坛风云，香港回归、申奥成功、加入 WTO、人大会议……每一张都是时事的见证。

集邮不仅是收藏邮票，更是收藏故事，每一张邮票的来历都是一个故事。“年长”的邮票带着一份历史变迁的沧桑，“年轻”的邮票则有崭新的图文与蓬勃的朝气，它们共同聚集在我的集邮册中，继续谱写着新的故事。

集邮是一项不错的爱好，它不用耗费大量的时间金钱，可以陶冶情操。小小的邮票就是真实世界的窗口，它让我们更了解这个世界。

教师点评

初中生写记叙文，常常记叙的多，感悟的少，文章如流水账一般。而此文在记叙中融入了大量的体会性文字，使内容变得充实而厚重，值得中学生学习和借鉴。

——王补社

雪

雪是冬天的精灵。

我总觉得，没有雪的冬天算不得是真正的冬天。记忆中，雪是冬天里我们最期待的一道风景。每当窗外飘起雪花，我们便会兴高采烈地冲到室外尽情玩耍，有打雪仗的，有滑冰的，还有堆雪人的……我们忘记了寒冷，忘记了疲惫。童年里，每一个有雪的日子，都是我们孩子的狂欢节。

近几年，雪似乎变得更脆弱了，即使下雪，也很难在地上积存，不消一会儿，就融化为了一摊摊的水。

而今年，一个罕见的暖冬，雪迟迟没有来。大人们都在暖洋洋的太阳底下享受温暖，好不惬意，而当年玩雪的孩子们，如今也已长成了少年，每天都要面对什么书本呀、习题呀、考试呀，也无暇顾及冬天是否有雪了。雪花，似乎已经被人们遗忘了。

而我却比以往任何时候都渴望雪的到来。

想象着那洁白的六角碎玉自天宇悠然飘下，似鹅毛，如梨花，像一支竖琴协奏曲，时而慷慨激昂，时而婉约缠绵，时而轻灵娴雅。不一会儿，七色隐去，满目皆白，放眼玉树梨花，琼楼玉宇，白雪覆盖下的乡村、田野、树木，是那样的恬淡静美，宛如童话世界……

冬天不能无雪。干渴的麦苗，需要雪的呵护；灰蒙蒙的天空，需要雪的擦拭；干燥的空气，需要雪的滋润；毫无生气的大地，需要雪的点缀；快要被人们遗忘的童心，需要雪的唤醒。

雪，快些来吧，请不要在人们心中留下一个无雪的冬天。

教师点评

雪只是个引子，渴望雪天到来，实际上是渴望自己有一个自由灵动的天地和纯洁美好的空间，因为有什么样的心灵就会有什么样的人生。

——王补社

春日短章四则

岁月

不知什么时候，铃铛一般大小的树叶悄悄挂满了枝头，绿荫也跟着浓密起来。窗外的莺声，烂漫得不堪了。雪一样的柳絮杨花随风飘荡。日子就这么一天天无声无息地滑溜走，连些许回忆也不残留，如同一页页翻过的书，何去何从，亦无暇细想。

鸟儿挥动轻灵的翅膀，樱花绽开如云如雾。这仿佛是我生命中最美的一春，可我挽留不住她的匆匆脚步。春光越是烂漫，越是撩起我伤感的思绪。有一种想哭的冲动，但怎么也哭不出来。要是在以前，早就流泪了吧。我知道，我长大了。

杨花柳絮

杨花飞絮是那样地美不胜收，它不像雪花一样漫天飞舞迷人眼，而像是折翼的云，清灵飘逸，阳光下波光一闪，实不逊于樱花雨下。随着风，缓缓如暗香一般浮动，轻盈流动而不失典雅凝重。白云比起它来太过孤高自许，寂寞锁寒，落英纷飞比起它来太过轻佻，空浮虚华。它像是纯美的甘露降临人间，一洗红尘铅华，又轻轻地扯过那牵在我手中的清愁，遗留一片全无俗念的郁郁青芷。

树荫

春天里的树荫和盛夏里的不同，不是浓阴匝地，而是疏影交横。那影子轻而薄。阳光宛如透过一块洁白的，绣了纹饰的绫纱，轻灵而又疏密有致，又仿佛是盈盈的浅绿色，连清风也常常是染绿了的。那树木特有的清香，经过阳光的浸润，愈发沁人心脾，郁郁芳芳了。

梦 · 幸福

时间就像从高空跌落的雨滴，稍纵即逝。这个春的美丽让我惊艳，这段日子是我有生以来最美好的时光。如果时光可以停留，一定是在这此刻吧！早上向小鸟问好，晚上和彩霞谈心，心情特别振奋，时日无比充实，我终于体会到了为了理想而奋斗的感觉。心情比天气更多变，一会儿旷然、一会儿平和、一会儿焦躁、一会儿伤感……万变都在一瞬间。睁开眼，万物皆美丽，万物皆博大。我有一万个梦想，一会儿想这个，一会儿想那个，但从不曾离开的是希望啊！

教师点评

春天总让人心绪飞扬，思接千载。春天的一草一木、一花一鸟，总能唤醒人对生命的认知，这是成熟的体验，这也是成长的历程。

——王补社

感悟三章

荷

荷，清丽而不失高雅，生在水中央，人只能远观其秀丽姿色，却不能近视把玩。

人的一生会有曲折，其实开路者是自己。

荷生于污泥，长自深水，然而她仍然亭亭玉立于水中，娴雅且高贵。

只有不怕困难，一如既往，才能冲破困难的水面，沐浴清澈的阳光。

风雨，对荷来说又算什么呢？只不过洗洗她身上的轻尘罢了。

困难，对勇者来说又意味着什么呢？意味着云开雾散后轻灵四射的阳光，雨过天晴后五光十色的彩虹。

海

海浪，那比风还轻的手再一次抚平沙滩。

柔软的手，却削去了岩石的棱角，把岩石击碎，直至它成为细沙。

阳光在海面上跳跃，闪烁着迷离的光点，神秘而单纯的蓝可以包容一切。人的心胸大概应该如此吧。

有人说，一滴水只有在大海里才不会干涸。其实，如果没有那一滴滴水，哪里来的大海呢？

海，像人的处境，多变。有时恬静美丽，温柔宜人，有时却狂风肆虐，大浪滔天。它不总对你微笑，给你仁慈。

晨

新桐初引，清露流晨。

晨，彩霞满天，阳光四射，很美。

夕阳和晨光相似，而我却偏爱晨。

古人有名句："夕阳无限好，只是近黄昏。"每当站在夕阳下，无心看彩霞，心里总有一种茫然若失的感觉。

晨不同，它使人心情欢跃起来。因为晨是新的一天充满希望的开始。而夕阳，等待它的只是慢慢无尽的黑夜。

我

如果下雨，你会看到一个小女孩收拢雨伞，漫步雨中，那就是我。

如果花开，你会看到一个小女孩在花丛中流连，爱花却无心折花，那就是我。

如果是夏天，你会看到一个小女孩独自仰望仲夏的天空，流露出无限神往，那就是我。

如果是落叶飘飞，你会看到一个小女孩一片片拾起红叶，那就是我。

如果白雪纷飞，你会看见一个小女孩不忍踏足洁白的雪花，那就是我。

我，一个多愁善感的女孩。

我，一个心如水晶的女孩。

我，一个嫉恶如仇的女孩。

我，一个平凡的女孩。

我，没有凤凰那华丽的羽翼。

我，没有孔雀那样五彩的羽毛。

我，没有蝴蝶那婀娜的双翅。

我，没有那虚伪的外壳。

我，没有鸿雁那么心高气傲，不屑一顾。

我，没有花朵那么妩媚动人，展现自我。

我，没有狐狸那么诡计多端，狡猾无比。

我，没有笼中之鸟那份乐天，安于现状。

我，渴望有一双轻灵的羽翼，我就可以飞到最美丽的地方。如果日升就在那里，我将在云端里等候。

我，渴望有一支马良的神笔，画出青山绿水，江山多娇，画出彩霞满天，夕阳无限好。

我，渴望成为一只勇敢的燕子，飞遍祖国的大江南北，目睹祖国妈妈日新月异的变化。

我，渴望成为一滴露珠，在太阳初升之前，去滋润禾苗。

我，渴望成为一滴雨，跳进大海的怀抱。这样，我就永远也不会干涸。

我，渴望成为一棵小草，为世界增加一分绿色。这样，我的生命才充满色彩。

我，渴望成为一叶扁舟，在浩瀚江海上追寻自己的目标。

这就是我。

忧伤与希冀

枯叶在萧瑟秋风中起舞。

映入眼帘，心中泛起丝丝惆怅。顿时无限愁绪倾泻而出，汇入心的海洋。如秋叶，旋转，飘零。

其实有的时候，我对生活真的很无奈。那种无奈，几乎超越极端。

溅起心的涟漪。等待它平息，尘埃落定。

灵感会变质。心如大海，让我搏击。明亮的笑很虚伪。

渴望肋下生翅，把我带离愁思的笼罩，带离混杂世界的浸泡。我要在东方的云端里，等候日出。

我不成熟，但我在走向成熟，这是我的一个脚印。

我掉进了五味瓶，回味太多，心干涸了。

生活上了一把锁，钥匙在你手中。

你想打开，便能打开。

生活很美好，生活很多彩。

眉头不再紧锁，眼睛不再黯淡，唇边舒展，心的海汹涌澎湃。微风拂过，自由飞舞。

我开始放纵自己，没有约束，泪却挂在颊边。这是滋润心灵的甘露，静静地来，静静地走。

心中雨过天晴。有些东西虽然短暂，却很美。像落叶，我不会忘记它昔日的闪亮。

我的心又平静下来。我快乐，我超脱。秋雨如烟，卖弄着自己的风韵。条条思绪汇入心的海洋。心像天空，让我翱翔。

心，让我一次次探寻，又一次次眺望。思绪是空灵的旋律，一次次地回响在我的心灵之弦上。

“忧伤 / 与希冀 / 一块儿 / 翩翩起舞 / 只是心头多了一丝 / 多了一丝新绿。”

教师点评

苦与乐、忧伤与希冀、失败与成功永远是共生共存的，这就是生活的全部，在痛苦中寻找希望，在希望中回味忧伤，而淡定才是最好的心态，唯有淡定，才能跨越忧伤，神清气爽。

——王补社

清　秋

窗外，雨声滴碎清响。

在北方，在雨季，在这个暗夜。

微微的风滑过无边的水汽。

月明星稀，我已不见。只见那雨沾湿了天际，只见那芳草又萋萋。

秋天就是这样一个季，予我忧伤及怅惘，使我心怀诗章。就这样一直下去，也没有什么不好。

清风充满我的胸臆，正如发梢沾染了露气。

我渴望看到的，云淡风轻。

秋天就是这样一个季，花开花落，宛如流年暗换。

物在，景在，清秋在。

而那一颗悬在风里梦中的心却远去了。

有人默默地来了，也有人悄悄地走了。

只有那菊花初绽，依稀是旧年模样。

选　择

人生真的有很多种道路，全看你怎样选择。

你若选择高山的雄伟，必定会错过平原的坦荡。你若选择大海的壮阔，就必定会失去小潭的幽静。

我选择了远方的峰顶、灯塔的光芒、梦想的芬芳，这就意味着我无暇赏玩路边的风景，错过绿荫与玫瑰，也不会停靠在温暖的港湾。

我选择了高远，则注定与寂寞为伴。

我选择了成功，则注定要奋力拼搏。

我在选择我未来、梦想的同时，也失去了很多看似美好的东西，多到我无法将它们一一拾起。

我后悔吗？我不禁问自己。

我若选择了安逸，就会与平庸为伍。

我若选择了感情，则会与烦恼为伴。

我若选择了休息，那未来的美景便会与我无缘。

我并不后悔。

当我在赶路时，匆忙到来不及看一眼路边的野花，因为我知道，春光一过，野花终会凋零，而前方等着我的，是一座珍奇的花园，朵朵露染轻匀，都将为我盛放。

我何其幸福，因为我不会后悔。

有梦的人，没时间迷茫。

柳

我钟情于柳。

柳清新似风，婉约如雾，如诗如画，如梦如烟。望着她那飘逸的身姿，我常常沉醉不知归路。

早春时节，当大地还在暗暗苦孕生灵，柳枝就悄然转青了。那种朦胧的颜色，饱蘸了诗情，像极了国画颜料中的“三青”，在宣纸上慢慢洇开，如氤氲着一团薄烟，又如被定格在树梢间的一阵清风，缥缈隐约、似有似无、难以捉摸，乍看之下，还以为是一袭青纱罩在柳梢呢。“桃红复含宿雨，柳绿更带朝烟”“草长莺飞二月天，拂堤杨柳醉春烟”诚然妙句，此时之柳，神韵贵在如烟。

再过几日，那朦朦胧胧的青色逐渐清晰起来了。这时的柳条，一如少女的万缕青丝，细柔如水，飘逸如云，煞是喜人。“东风吹我过湖船，杨柳丝丝拂面”，只见清风徐来，水波不兴，柳丝荡漾，婀娜多姿，怎能不令人心旷神怡？此时的柳，浓淡相宜，尽展春日亮丽的风采。

夏日的柳则迥然不同。如果春日的柳是一位清纯可人的少女，那么夏日的柳就是一位风华绝代的佳人。

夏日的柳是华丽的。“那河畔的金柳，是夕阳中的新娘。波光里的艳影，在我心头荡漾”，杨柳郁郁菲菲，柳条披泻如瀑，和风起舞，仪态万方，掩映之间，更增娇艳，不正是像一位风情万种的新娘吗？

退去几分春日里的灵动，夏日的柳又是娴静的：郁郁葱葱，丝垂翠缕，浓阴匝地，多像一位女郎在临镜梳妆，宁静如水，脉脉含情。

在我的老家陕西凤翔，民风甚喜柳树，路旁多植柳，苏东坡所修建的东湖园子中，亦不乏百年古柳。

盈盈走过四季，无论现实的柳如何变换姿态，心中的那棵柳，始终风姿绰约，青翠欲滴。

柳，是我一生都无法释怀的美的情结。

教师点评

写物贵在神韵，而不在于形似。春柳和夏柳各有各的风情。这篇习作体现了春夏两季杨柳不同的美态，融入了较深的文化内涵，还带有浓浓的思乡念亲之情，不仅能让人感受到自然之美，还能激发人的家国之情。

——王补社

梦蕴江南

江南是一个蕴梦的地方，它的景致是细腻的，就连风也太柔媚了。自不必说江南古樟树的婆娑多姿，西子湖的浓淡相宜，也不必说它的杨柳如烟似纱，荷花千里一池，它的每一处，无不浸染了水气与茶香。

江南是个家家有水、户户有花的地方。河渠池塘星罗棋布，纵横交错。河水抚着芳草鲜美、携着落英缤纷，流来流去带走了太多或美丽或忧伤的故事，它的水气弥散在风里，氤氲在雾中。

江南的声音总是少不了丝竹。高楼月夜，一曲灵箫娓娓悠游入耳际，倒有点“箫声咽，秦娥梦断秦楼月”的意境。烟波浩渺的太湖上，笛赋清越，筝声瑽琤，声声写尽愁情。

江南园林流转如图，雕梁画栋，曲影回廊，别有一番风情。同里水乡的小桥流水人家仿佛藏着如梦往昔，让人梦回千年。那早已随着时光而去的景致好像也依稀再现：轻舟上，有可可宜人的江南女子涉江采芙蓉，水袖轻敛，环佩叮当，明眸皓齿，荷衣欲动。甚至能听见那早已绝迹的古曲被轻声吟唱：“风月无情人暗换，旧游如梦空肠断。”商时风，唐时雨，那一段被固化的回忆，便被永远定格在了江南，且美丽如初。

时光如水，往事如烟，无论历史怎样变迁，江南永远蕴含着千年旧梦，和那斑驳的诗集一样，依稀着弥香的岁月，撩动我们的心弦。

教师点评

江南的山是柔和的，江南的水是灵动的，江南的景是秀美的，江南的声是悦耳的。江南的一切如诗如画，让人魂牵梦绕，都沉淀了在作者的笔中。

——王补社

心驰奥林匹克
——记 2004 雅典奥运会

世上所有超乎想象的极限，拼尽生命的刹那芳华，铸造着多少剑气月光，惊才绝艳与对梦想至死不渝的执着，缓缓凝聚成最崇高美丽的五环。

——题记

我永远不会忘记，2004 年雅典的夏天，银白色庄严而肃穆的仪式，溢彩流光的礼花穿过云层，伴着熊熊圣火恣意燃烧。全世界翘首企盼的时刻终于来了！

接下来，它带给我多少足以撼动生命的奇情壮彩，我无时无刻不为之感动与震撼。

是奥运会，使我明白什么是梦想；是奥运会，使我明白什么是拼搏；是奥运会，使我知道什么是波澜壮阔奇彩的生命；是奥运会，让我知道什么是超越极限永无止境的渴望。

世上一切至高的事与之比较都会显得渺小与稚拙，世上一切难遇的奇观与之比较都会变得黯然失色、平淡无奇。

奥运会，你披着圣洁的光辉姗姗而来，让所有见到你的人心动神摇，我愈想赞美你，愈想歌颂你，可是却偏偏找不出一首诗足以形容你的一丝一缕，平时嘴上的歌此刻也都沉寂下来，啊！我委于你心的实在太多太多，以至于满腔的话语都无处可释。

有人说，如果你爱他，让他去雅典，因为那里有欢笑；如果你恨他，让他去雅典，因为那里有泪水。可我要说，如果你心中充满向往，那么你去雅典，因为那里有梦想；如果你心中满是哀伤，那么你去雅典，因为那里有希望。

数不清我曾为奥运会多少次热泪盈眶，多少次摇头叹息，奥运会就像驾驭着我，驾驭着我的快乐或者悲伤。

奥运精神是锲而不舍。当许海峰实现金牌零突破时，他就站在一旁。1992 年，他梦圆巴塞罗那，4 年后，他最后一枪，把遗憾留在了亚特兰大。今天，他历经了多少严酷风霜，终于再创辉煌，他就是六朝元老——王义夫。

奥运精神是永不服输。十年前，张宁败于张海丽手下，她一沉就是十年，而在十年后的今天，也许将是她运动生命中最后光辉的闪现。十年的轮回，命运的百转，张海丽注定是与她争夺金牌的对手。可是张宁抓住了这唯一的机会，她赢了。赢了对手，同时也赢了自己。当她拿起金牌露出了最美的笑容时，我明白了，为了梦想哪怕拼尽一生也无怨无悔，只为那刹那芳华。

奥运精神是不惧艰难。2000年的悉尼奥运会，年轻的中国女排打得不是很顺利，这对崭露头角的中国女排来说，无疑是一次沉重的打击。可是她们没有沦陷在失败的痛苦中自暴自弃，而是重新开始、从头再来。这四年来，她们流了多少汗水泪水，忍了多少劳苦艰辛。她们深知，成功不是好运得来的，而是努力换来的。可是正当她们信心百倍整装待发时，她们再次经受了考验，主力队员之一赵蕊蕊意外受伤，这是中国女排意想不到的灾难，对全体队员的情绪也有不小的影响。可是，中国女排没有绝望，她们很快调整好状态，走向赛场。在比赛中，她们士气高涨，打赢了一场又一场球。在决赛中，她们要迎战实力强大的俄罗斯队，中国女排最终凭借稳健的技术、良好的心理素质，在负二局的不利局面下连扳三局，创造了奇迹。阔别金牌二十载，今天终于重新登上了最高的领奖台，胜利是属于你们的，中国女排，世界为你们喝彩，祖国为你们骄傲！

奥运精神是超越自我。一直以来，田径项目不是亚洲人的强项，欧洲运动员几乎包揽了这个项目的金牌。于是，便有人嘲讽亚洲人没有爆发力。可是，中国跨栏王子刘翔的横空出世，让中国在田径项目上大放异彩。决赛中，刘翔是唯一的亚洲运动员，他击败了各个世界名将，打破了奥运会纪录，追平了世界纪录。这一切近乎不可能做到的事，刘翔做到了，他彻底击垮了亚洲人没有爆发力的谬论，也为祖国争得了男子田径项目上的第一枚金牌。这一刻，中国证明给世界看：没有什么事是中国人做不到的。中国田径将迎来一个崭新的时代!

情系雅典，看着一场场激动人心的比赛，聆听着国歌一次次在异国奏想，我感到心中有什么在萌动，是身为中国人的骄傲与自豪，还是对奥运会永不消减的情愫在激荡?

啊！奥运会，我不知道拿什么来形容你，怕世俗的词语太低浅，玷污了你圣洁的容颜；我不知道要拿什么来歌颂你，怕人间的音乐太粗拙，亵渎了你崇高的气韵。我们唯有目送你款款而去，才足以表达我们对你无以言表的热爱。我们没有失落，因为我们知道，四年之后，你将重新披着圣洁的光辉走来，那时，你将更加纯洁美丽，2008年，我们北京再会!

教师点评

这篇习作写得文采飞扬，激情四溢。有文采就能体会到生活的美好，有激情就会感受到生命的张力。奥运会是超越梦想、超越自我的地方，人人都会从中汲取力量，面对着顽强拼搏、永不言败的奥运健儿，谁能说自己不被激励呢?

——王补社

花季雨季

我独坐窗前

任思绪如丝

和着清风荡漾

飞向那遥远的燕园

十六岁花季

十六岁花季，多么美丽啊！有点青涩，有点神秘，我甚至还没准备好去迎接你，你就已悄悄然降临。岁月荏苒，年华似水。一转眼间，我已经从不懂事的小丫头长成亭亭少女了。翻看小时候的照片，看到了童年时的我：扎着羊角辫，圆圆的红脸蛋儿，在照相机前又唱又跳，让人忍俊不禁。再看看现在的我，多了一分成熟，多了一份安静，不再像小时候那么风风火火，也不再像小时候那样喜怒形于色了。回首过去，真让我感慨良多，思绪万千。

现在的我，有了新的梦想。没有梦的青春是不完整的青春。十六岁，是该播撒新希望种子的时候了。我独坐窗前，任思绪如丝，和着清风荡漾，飞向那遥远的燕园。希望的种子在博雅塔下发芽，在未名湖上绽放出一池的花朵。拥有十六岁如歌的青春，我无畏惧，哪怕追寻梦想的道路何其漫长，我都会怀着一腔热血去把梦的渺茫化为现实的昂扬；无论那只蒙尘的笛在心底如何深藏，我都会轻轻取出它放在唇边将真理之音吹响。岳武穆高歌“待从头，收拾旧山河，朝天厥”，豪气干云，而我高唱“待何时，饮马未名湖，终无憾”，一样豪情万丈。

告别了童年的风筝，踏上了少年的旅途。我不再像小时候那样为了丢失的红领巾而号啕大哭，也不再像小时候那样为了心爱的动画片而手舞足蹈了。十六岁的我，有了新的烦恼。有时，我像“林妹妹”一样敏感多情，为了一方落红，一池飞絮而悲伤嗟叹。读清照词“知否？知否？应是绿肥红瘦”，不禁感叹韶华易逝，芳春难留。美好的青春是如此短暂，怎样才能不让青春年华付水东流呢？多了一份理性的思考，我的青春将不再鲁莽。

步入花季的我，有成长路上的青涩与忧伤，也有前行途中的执着与希望。十六岁的我，有了不愿与他人分享的小秘密。十六岁的我，变得成熟起来。

尽管对过去的时光有许多不舍，但每个人都要学会成长。收起心底那一丝忧伤与彷徨，展开梦的翅膀尽情飞翔，乘着青春的歌声去追逐太阳。用双手打拼未来，用汗水浸润理想。把如歌的青春演绎得如春花般绚烂，把如诗的梦想雕琢得如秋月般明亮。

教师点评

十六岁的少女是敏感而细腻的，生活中的点点滴滴都会引起思绪的荡漾，但有一点永远不会改变，那就是对美好事物的体验，对梦想的追求，这是十六岁少女不断前行的力量。

——王补社

小议文风

我们识别某一个人的作品，往往靠其文风。

文风如内容一样，极其可读，有豪放也有婉约，有质朴也有华美，有阴柔也有阳刚，有轻松诙谐也有奇谲怪诞，有清峻峭拔也有沉着雄丽……

总说“文如其人”，文风是否一定对应作者内心呢？答案是不确定的。虽说女性作者的文风往往清丽雅致，男性作者的文风常常刚健雄浑，可其中也有不少反例。许多性格柔弱的文人却有一副奇崛的文风，而沙场猛将留下的文字倒未必有杀伐之气。

人的文风并非一成不变。正如余秋雨在《笔墨祭》中论书法：“人的生命状态的构建和发射是极其复杂的。”在不同性格的对立与共存中，也会造就多样化的文风。拿宋代词人来说，写“应是绿肥红瘦”的婉约派词人李清照，也写出了“生当作人杰，死亦为鬼雄”“九万里风鹏正举”的豪放之词；而“壮志饥餐胡虏肉”的岳飞更有“欲将心事付瑶琴，知音少，弦断有谁听”的百转千回。这样的例子还有苏轼、辛弃疾，等等。

要说到不同的文风就孰优孰劣，我以为，不同的文风能带给人不同的美感。文风无优劣，只有境界大小。文风如泉者，清新、甘醇、灵动，如水流叮咚；文风如澜者，如海纳百川，吞吐日月，包罗万象，气宇不凡，自然境界上更胜一筹。

幼时读老舍之《养花》，不解其文之精妙所在，只觉语言太过平白，乃一庸文。长大后才发觉，语言只是载体，内容才是实质。如为了吸引读者眼球而刻意求工、细加雕琢，而忽略了本体内容，那么无论文风多么峭拔，语言多么珠连玉缀，都是一具文字的空壳，而不能称之为真正的“文”。如老舍这样的大作家，并非不会写漂亮文字，而是经历了太多人世风霜，已退尽铅华，只用最本真、最淳朴的文笔去书写世界。没有了艰涩的语句，反而更加平易近人，更加深刻，更加返璞归真了。也许，这朴实无华才是至上文风吧！

阅近几年之高考满分作文，其中不乏言语精致而主题空洞者。张口唐诗，闭口宋词，时不时来一个骈句、对句。我初读时也很喜欢，只觉语言美妙不可方物，读来满口余香，可细加含咀又索然无味、空洞苍白，真是可叹！

教师点评

学会辩证地看问题，人就会变得睿智而明理。这篇文章能够辩证地分析文风的多变优劣以及内容与形式的关系，分析的过程有理有据，议论的层次非常清晰，对中学生习作很有帮助。

——王补社

三峡，我来迟了！

长江似一条玉带，在祖国大地上蜿蜒，而三峡如一幅秀美绵长的画卷，悠悠地在巴蜀大地上铺展开来，浩浩荡荡，洋洋洒洒，撩动了多少人的心弦，铸就了多少诗章！

初到江上，是傍晚时分。暮色中的山水，别有一番风味：山石嶙峋，在夜晚更增磅礴气势；皓月悬空，影儿在江心荡漾，颇有点“峨眉山月半轮秋”的意境。晚风送爽，和着江上的水气，使盛夏的暑气消退了许多。

次日清晨，游船驶入巫峡。心中萦绕着那句“巴东三峡巫峡长，猿鸣三声泪沾裳”，我怀着几近崇敬的心情，想一睹三峡神秘的芳容。可让我失望的是，两岸既无“猿啼”，江水也不能被称之为“碧水”，甚至还有几分本不该属于三峡的“江阔云低”之感。我脑海里一遍遍回响着有关长江三峡的诗词，却恨不得见古人之所见，亦不能感古人之所感了！只得把那斑驳的诗句反复吟诵，在脑海里把青山绿水重新复原。望着山腰上高高的红色标示“175m”，我真害怕有一天会连今日之所见都见不到。长江三峡，我来晚了！

每每见到山壁上的古栈道、石刻、悬棺、洞穴等，心往往神驰于那鸿蒙初辟的上古时期，古代巴人们所拥有的惊人智慧。他们面对着湍急的江水，险峻的高山，用什么不可思议的力量打造出如此灿烂的文明呢？不过，待到三峡大坝蓄满水，这一切都将被江水淹没，在历史的长河中消逝了。

到了小三峡，我流连忘返。这里有青山叠翠，碧水旖旎，兼有三峡的大气磅礴和小小三峡的幽深秀丽，刚柔相济，恰到好处。移步换景，曲折幽深之意无穷，有“石出疑无路，云开别有天”之妙。我从这儿窥见了老三峡的影子。偶成小诗一首，却也难以描绘小三峡之妙：

山青青兮欲滴
水澹澹兮泛碧
兰舟轻捷，驶入画图深处
奇山秀丽，碧水旖旎
幽涧飞泉，薄岚生烟
彩蝶翩翩，莺啼婉转
夕阳布余晖，游船破水归
回望青山开复合
绿水脉脉依舷边
何日得重游

余下几日游程，我虽时有诗意鼓荡胸间，意欲信手拈句，可面对眼前之山水，却不堪下笔书“青山绿水”，忖度再三，还是改成了“苍山素江”，心中不禁叹息，诗情也去了大半。

后又听导游介绍，实际上三峡已成二峡，原三峡之一已被抬高的水面淹没。而素以李白“朝辞白帝彩云间”之句闻名的白帝城也将不再“彩云间”，而是“齐江水”了。千百年来人们心中最美的那幅画面，已成了遥远的绝响。我只恨——

三峡，我来迟了！

教师点评

游山玩水的人大半只流连于山水外在的形态，而作者在山水之中却赋予了浓浓的文化色彩，给自然的山水增添了文化的内涵。作者边叙边议，文笔流畅，在今昔对比中让人感受到了古今不同的三峡之美。

——王补社

理科生

理科生的生活是单纯而明朗的。徜徉在真理的海洋里，每个细胞仿佛都沐浴在圣洁的光辉中。理科思维赋予了理科生更为透彻的眼光，好像可以看穿一切表面现象直达本质。上课时，理科生们与其说是在教室里听课，不如说是在宇宙中遨游，大到星系黑洞，小到质子夸克，天地宇宙间的一切美妙，都尽收眼底。数理公式是理科生们的诗歌，v、m、w……一个个看似不起眼的小符号，到了理科生手里，仿佛都成了会飞翔的音符，只听理科生的召唤，万般变化，世界尽在掌心。那纸与笔快速摩擦发出的沙沙声，是理科班独一无二的交响乐。

闲暇的时候，理科生也会带着相机，去公园倾听花开的声音，说不定会给花儿们分一下类，或是推测它们的花程式；打打乒乓球，娴熟地用受力分析判断乒乓球的运动轨迹；或是在夜晚，一个人对着星空发呆，手捧相对论，沉醉在时空的奥妙中。

理科生并不缺乏浪漫。正如费曼在他的《物理学讲义》中所说："据诗人们说，科学使星星失去了美丽——它们只不过是由气体原子组成的球体，但事实上根本不是这么一回事。我同样会在苍凉的夜晚仰望星空，我的眼睛扫遍这回转的天穹，就能注视这欢乐的天空，并且能够捕捉一百万年前发出的星光。宇宙是一幅无边的画卷，而我也是其中的一部分。"自然是一种何其开阔的美啊！理科生不喜欢矫揉造作（当然文科生也不喜欢），刻意修饰，他们独独钟情于这种清风明月、素面朝天的自然的美。

理科生的生活并不如一般人眼里那么单调乏味，相反，是丰富多彩的。对于理科生，杯水里囊括着天地，果核中蕴含着世界。超越光速的时空倒转、时间空间延伸的起讫，永远占据着理科生的梦境。理科生绝不是整日浸泡在题海卷宗之中，进入理科班以后，我反而更加爱好文学与艺术了——在灵动的文字间获得启迪，在飞翔的音符间寻求灵感，在跳跃的色彩间迸发出思维的火花。理科生需要跳跃性的思维，艺术便给理科生插上了飞翔的翅膀。

没有文科生的满腹经纶、博古通今，但却是明察秋毫、荣辱不惊，也许解出一道理综试题会让他们乐上半天，或是为了一个问题而与同学争论得面红耳赤，这就是理科生，单纯而快乐，简单而充实，却有着最本色最纯朴的青春。

我快乐，我是理科生！我自豪，我是理科生！

教师点评

文科生有文科生的浪漫，理科生有理科生的乐趣。文科和理科如同一对让人腾飞的翅膀，可以让梦想飞得更高更远。作为理科生，作者体会到了理科的奥妙，但也能感受到文科的美妙。可见，只要有一颗追求美的心，美，无处不在。

——王补社

爱心小事记

今天我目睹了一件令人感动的事，亲见了一颗金子般的心。

傍晚我在公交车站牌处等车，来了一位老人，看上去身体不是很好，颤颤巍巍的。他一边嘴里念叨着自己要去绿苑小区，一边费力地在站牌上寻找着自己的目的地。我也在旁边看站牌，就顺便帮他将站牌扫视了一下，没有看到绿园小区之类的站名，心里正在嘀咕着要不要问问这位老人，帮助他一下，但心里又闪过了一个念头：他年纪这么大，口齿听力都不利索，自己还是不要管这个闲事了吧。就在我犹豫的那一刹那，不远处急速走来了一个女孩，朴素学生装扮，利落短发，大概二十岁左右。她朝着大爷柔声招呼着："您老要去哪里啊？"老人的听力并不差，只是口齿很不清楚，女孩半天才弄清了老人的目的地，绿苑小区的站名其实并不叫绿苑，正巧女孩要去的学校和绿苑小区是一条路线，便决定一路护送老人。

一会儿，600路公交车来了，我和女孩、老人都上了同一辆车。女孩看到车过来的时候，十分细心地搀扶着老人上车，那情景就好像是老人的孙女儿一般。车上人很多，没有座位，女孩轻声鼓励着周围的人给老大爷让个座，在她的鼓动下，立即有一个年轻人让出了自己的座位。在那之后，女孩也并没有不管不顾老人，而是一直站在老人的身边。那位老大爷非常感动，便问起女孩的大学、专业、家乡等等信息。女孩害怕大爷听不清楚，都非常大声地一一回答他的问题，而且态度十分恭敬和谦卑，大爷可能因为口齿不清的缘故，说话也十分大声。他们一问一答，聊得十分投机，笑语不绝。原来大爷是一个老资历的大学生，有过非常丰富的经历。大爷对女孩的感激和关心溢于言表，鼓励她好好学习，了解她的生活等等，样子十分慈爱。一车的人都静静的，似乎都在聆听着这一老一少的对话，就好像在聆听一首最温馨的歌。一路上这个女孩都站在大爷的座位旁，即使其他地方有座位了也不会看一眼。女孩先到站了，可是她并没有下车，而是送老人到站了之后才下车，然后步行回学校。

一路上我一直都在这个女孩旁边站着，在赞许她的同时心里也有点愧疚，因为我觉得我做不到像她这样对陌生老人无微不至地关心，有只言片语的帮助就不错了。我很感激有这个女孩出现在我今天的路上，她让我认识到了自己的自私，也让我看到了社会中最纯良的一面——对人不图回报的热心帮助。这世界上真有金子般的爱心，不要让这种爱心终止，如果看到她的人、读到这篇文章的人，都能把这种爱心传播下去，那么，这个世界会更加美好！

高三笔记

时光如梭，转眼间我已经进入高三。我曾怀着近乎崇敬的心情仰望，曾用迷茫的眼神探寻，高三究竟是什么样子。在我心里，高三是特殊的一年，高三也是最忙碌的一年。从幼年到童年，再到少年，回望一路走来的小小脚印，品味成长过程中的点点滴滴，串起遗落的纯洁和几近天真的梦想。这一切像是种子，在心底埋藏多年，终于迎来了高三这一年，该是展叶开花的时候了。充实的高三是肥沃的土壤，我们的汗水是滋润新苗的甘泉。我相信，只要努力，这一切将会定格成最美的画卷。

拨开时间的云雾，褪去神圣的光环，高三是务实的，是需要脚踏实地的。面对繁多的知识点，面对各种选择，不能好高骛远，也无须瞻前顾后，只要一步一个脚印，耐心攀登。保持轻松乐观的心态，不要被高三的激流冲昏头脑，不在众多选择中迷失自我，不让竞争压力打垮心志。决不给自己制造过多压力，对外界的压力也要“化压力为动力”，保持一颗“不以物喜，不以己悲”的心。对于成绩，我应该淡泊一点，不斤斤计较分数，而是更关注实质：我学会了吗？我理解了吗？

踏入高三，我们的时间已不多，更经不起一点浪费。高考结果，我无法预料。我能做的，只是把这个过程做到最好，但求尽力，无愧于心。现在我应该在有限时间里尽量多学一点、多记一点，为自己留下一个无悔的青春！

如何才能充分利用这不多的时间呢？我需要计划，使学习、生活有条有理，而非杂乱无章。我要彻底摒弃以前随心所欲，漫不经心的状态。“学如逆水行舟，不进则退。心似平原野马，易放难收。”什么时候都要牢记这句话，不让自己虚度光阴。

高三能够影响人的一生，所以决不可等闲视之。天道酬勤，我相信只要努力，高三会成为我青春旅途上一道最美丽的风景线。

教师点评

这是一份高三生活的体验总结。经历过高三的人苦乐自知，都会有各自不同的感想，但这份总结却写得实实在在、真真切切，字里行间都洋溢着对知识的渴求，对梦想的期盼。头脑清醒，行动稳健。

——王补社

拒绝的美丽

有时候，拒绝是一种美丽。

拒绝一个毫无意义的餐会，拒绝一件不需要的商品，拒绝一个无缘分的朋友，拒绝某种处境。拒绝，此时的含义远胜言不由衷的认可，超越了含混的敷衍，它明智得爽朗，因而超脱得美丽！

拒绝朋友邀请去看一场无聊的电影，你节省下了时间；拒绝小商贩的推销，你节约了金钱。然而，这些都不是最壮美的拒绝。最壮美的拒绝是在生活的歧路上，在生命的长河中，它不仅意味着舍弃某种道路，更意味着选择与获得。

直面人生，敢于说不，拒绝是一种抗争，拒绝是一种放弃，同时也是更深层面的进取！

放眼中外，纵观古今，因为说“不”而成功的例子不胜枚举。陈胜说过“王侯将相宁有种乎？”他虽是一介布衣，可是敢于对不公平的命运说不，斩木为兵，揭竿为旗，最终他干出了一番大事业。贝多芬，虽双耳失聪，仍不放弃，他没有对上天的安排妥协，他大声喊“不”，“我要扼住命运的咽喉！”他用他的生命谱写悲歌，响遏行云，催人奋进，那壮美至极的《第九交响曲》不正是他敢于挑战命运，敢于拒绝的精神写照吗？

有的时候，拒绝不意味着别人眼里的成功，却是成就自我的精神境界。陶渊明弃官归田，拒绝污浊的官场，宁愿归隐于南山脚下，过着“晨兴理荒秽，戴月荷锄归”的辛劳生活。也许在世俗人眼中，他不是“成功”的，甚至是傻的，可是，陶渊明对世俗的拒绝，守住了他如菊般淡雅的精神乐园，成就了他世外桃源般不染纤尘的诗名。

还有林黛玉，她虽是病如西子，娇弱不堪，却也敢于对封建礼教说“不”，在这一点上她远胜过了“守拙装愚”，一心维护礼教的薛宝钗。黛玉对宝玉的一腔真情，敢于表露，题帕三绝不正是她对于爱情的表白吗？可是那样的封建大家族，是不允许抗争存在的。“一年三百六十日，风刀霜剑严相逼”抗争使本就怯弱不胜的她更加病弱。虽然她最终含恨而尽，可是相较于只得到“空壳”婚姻的宝钗，也算是质如冰雪离浊世了。她的拒绝命运，化作了读者内心一股永恒的清香。

我们总是要拒绝鱼，才能得到熊掌。拒绝是需要勇气的，如果没有勇气，对一切逆来顺受，最终只能成为一个庸人。所以，准备好心中的那份勇气，拒绝那些不值得拥有的东西吧！

故说：仁爱的人懂得宽恕，幸福的人懂得超脱，明智的人懂得拒绝！

教师点评

这是一篇典范的议论文，优点有三：其一观点鲜明，开门见山，简洁有力；其二分析有理有据，叙议结合；其三语言富有激情，表达铿锵有力。

——王补社

秋日漫笔

夏日火热的裙裾隐去，秋就悄然降临了。

秋是素面佳人，不施粉黛，清清灵灵，只在鬓上斜簪一朵素菊，清净不染尘埃。喷朱渲赤的华叶，为她披上一条流光的纨带；清凌凌的秋水，荡漾成她澄澈的眼波，灵气逼人。

秋日里，太阳收起了那一份燎人，只如少女般温柔可爱；风也不似夏日那么慵懒，平添了一抹清凉；天要数这时最好，碧蓝澄澈的，透出几许秋日特有的宁静高远。淡风清云悠然过往，为它浓妆淡抹，天是一幅总相宜的画卷。在晴朗的秋日里，望着天上鸿雁南飞，云卷云舒，心里会不自觉地浮现出“晴空一鹤排云上，便引诗情到碧霄”的诗句。不错，这诗中所绘胜景，是非秋天莫数。

与秋相对的季节是春。把春与秋作对比是有趣的，它们正如太极中的阴阳两极，相克相生，互为表里。它们代表了两种思考，两种哲学，两种世界观。古人把一年称为春秋，是有他们的道理的啊！

不是有个剧本叫作“杏花春雨江南”吗？江南细腻多情，春的妩媚明丽便在这里淋漓尽致了。阳春三月，草长莺飞，柳绿桃红；拈几朵柳絮，折一枝红杏；或是手持双桨荡舟湖心，看春风吹皱一池春水，盈耳莺啼燕语。在江南，不难感受到春的风情万种，春的诗情画意。

正如江南是属于春的一样，北国是属于秋的。

只有在北方，秋的味道才更加醇厚，更经得起品咂与琢磨。单说北国的金风，就比江南苍劲得多，也有味得多。看那“秋风扫落叶”是怎样的一种遒劲与萧索，“无边落木萧萧下”是何等的开阔与高远。只有身在北方，你才能深刻体味到秋的深沉，秋的苍凉，秋的丰硕，秋的博大。

秋日里的累累果实，是对春天的一种圆满，秋日的落叶，又何尝不是呢？只要是自然的，是顺着天意的，就算叶子落了，也不一定觉得悲凉。其实，秋天本不悲凉，悲凉的是看秋人的心。秋天也并不缺少希望，看那棵在寒秋中挺立的玉兰树，她那如繁星一般的花骨朵，不正在为来年孕育芳香吗？从某种意义上来说，秋天，才是四季的起点。

朋友，你可透过了秋的悲凉、寂寞、肃杀，读出了秋的希望、温暖、爽朗？

秋是春的圆满，春是秋的萌发。

秋是春的绚烂，春是秋的延展。

春代表着万物复苏，蓬勃向上，和顺积中而英华外发。

秋天，则是绚烂之后的落幕，是辉煌之后的必然归宿，是参透人生之后的淡定从容，是生命最原始的真淳质朴。

秋孕育着春，充实着春，把春的亮丽华美羽化为坚实璀璨，而在绚烂之极时又徐徐归于平淡，褪去油彩，洗尽铅华，这正是秋的有容乃大，秋的淡定从容，秋的胸襟，秋的气度，秋的品格！

而寄蜉蝣于天地的我们，是否能从秋天中学到点什么呢？

纸醉“金迷”——我说金庸

说到金庸，我的话可多了。

我对金庸的热爱已经到了无可救药的程度。

金庸行文中正平和，作品雍容博大，颇有浩然之气，秉具王者之风，实不愧是当代武侠第一人。

金庸小说，往往起笔平平，随后却越看越奇，越看越险。恰似奇峰突起，玉龙倒挂。金庸小说人物众多，脉络宏大，地富海涵，一看之下，便如千丝万缕，缠惹牵绊：有的如草蛇灰线，伏沿千里；有的则扑朔迷离，虚实难辨；还有的如一缕游丝，韧而不弱，似断实连。情节的发展，虽是奇思绝想，出人意料，却都自然天成，宛如瓜熟蒂落，水到渠成般，不着斧凿之痕，令人拍案。

金庸行文如流水行云，行于当行，止于当止。文思如泉，笔墨洒脱，信笔所至，无有滞碍，文有余思，左右逢源，妙笔生花，时有神来之笔。金庸早期作品如《雪山飞狐》，文字质朴，语言练达，武功套路家数往往写实，令人信服，颇有古典武侠小说之风。中期作品，如“射雕三部曲”语言文字虚实结合，情节尺水兴波，系雅俗共赏之作也。晚期作品，如《天龙八部》《笑傲江湖》，文字娴熟，笔墨纯净，脉络宏大，一气呵成，武功描写往往避实就虚，出神入化，文章如百花齐放，灿灿生辉。此时，金庸小说思想性、艺术性俱达到顶峰。

我个人认为，金庸小说的思想性是“旧瓶装新酒”。在古代背景下，故事所体现出的问题却是现实生活中的种种。金庸小说不是影射文学，它更注意人性的揭示（《连城诀》等）。金庸小说闪现出一种人性的光辉。

金庸善写人物，寥寥几笔，人物便跃然纸上，活灵活现。金庸小说中的人物各式各样：奇人、痴人、怪人……个个与众不同，形象丰满。如小龙女、王语嫣同是冰清玉洁，不食人间烟火，杨过、令狐冲皆是特立独行，放浪不羁，他们之间有何差异呢？小龙女系世外佳人，王语嫣乃大家闺秀，杨过邪中透正，令狐冲正里带邪；便是这么一些小小差别，让这些人物极具个性。

我最喜欢的两个人物是小龙女与令狐冲。小龙女是《神雕侠侣》中的人物，带有一点浪漫主义色彩。总觉得她白衣飘摇，绝非凡尘所有。单是名字“小龙女”便已使她超凡脱俗了，这个集仙气、灵气于一体的名字，除了她，还有哪个凡尘女子配用呢？小龙女不通世务，总是与现实社会格格不入，因此带上些许叛逆色彩。她率性、真实，如空谷幽兰，又如梨花堆雪，她的清旷远泊，她的孤高傲世，无一不使我沉醉。另一位令狐冲，则是《笑傲江湖》中的人物。资质极佳，却志在归隐。被岳不群逐出门墙，但直至岳不群人性泯灭，他还不忘师恩，足见其重情重义！他无意于江湖，却被迫卷入一场场权力纷争中，直至任我行等人撒手归西，他才得以与任盈盈“曲谐”“归隐”。令狐冲率性本色，放浪隐逸，古道热肠，只有这样的人，才能真正达到“笑傲江湖”的境界。

金庸小说长短一共十五篇，数量虽不算多，影响却颇大。有趣的是，其中除短篇《越女剑》，其余十四部小说的题目首字竟可串成一副对联：飞雪连天射白鹿，笑书神侠倚碧鸳。这无疑是对金庸小说武侠精神最好的书写。

展卷品读，我被带入了一个充满东方意蕴的奇情世界。在风花雪月刀光剑影之间，聆听着缕缕清婉的琴音，无以传其境，莫能名其美，如丝竹合鸣，似疏梅淡月，嗅着一笺墨香，我沉醉其间。

我是古筝少女

初见古筝，是在水气缭绕的江南。

江南，一个柔婉多情的地方，那里总少不了丝竹。烟波浩渺的太湖上，我们乘坐的游船上放置着一架古筝。随着船的开动，弹筝人从从容容地开始弹筝。当我的眼神与那素雅的丝弦相触，耳际与那清越的音色相接，我被震撼了，世上居然有物完美至斯！我心中似乎有什么在萌动跳跃，仿佛有一根纤绳，将心中埋藏多年的情愫缓缓牵引，使之越来越清晰地显现出来。我醉了，醉在古筝曼妙的天籁中。我甚至忘却了抬头望一眼窗外太湖的景色，我的整个心都随着琴音的起伏而跳动，满耳都是叮咚的琴声。直到游船到达目的地，我才恋恋不舍地离去。

回到家后，我小心翼翼地说出了那个早已萦绕在我心头的想法：我想学古筝。我怎么能不小心呢？古筝离我太遥远了，姑且不说（当时）那是一种不很常见的乐器，我那时已经步入初二，对于学习弹琴恐怕已为时过晚。况且我小时候曾有过几年失败的学电子琴的经历，父母给我买琴、请家教，可最后还是以半途而废告终，谁知道这次会不会步上次的后尘呢？

可是，我不能不说啊。我心中的感情是如此强烈，我太爱古筝了！甚至从我第一次听到它的美妙音色起，就爱上它了。早在七八年前，我曾在一公寓楼下痴痴伫立，只为了能多听片刻那从楼上飘下的清音，只是我当时还不能确定那是何种乐器。后来我在太湖上聆听古筝，我立刻就可以确定，当年我听到的就是它的妙音。现在，我认定了它就是我生命中不可或缺的一部分，如果失去了拥有它的机会，那将会成为我生命中的一个遗憾！

可当我这个想法刚一出口，就遭到了全家人的极力反对，原因是我都上初二了，现在学琴会影响学习，况且，谁都没有听说过周围有人在学古筝，古筝老师要上哪儿找去？

我当然不会甘心就此罢休，平生第一次有一种巨大的渴望冲破了我的心房。我要尽一切力量去说服家人，抓住这唯一的机会。没办法，为了我的古筝梦，我要对自己负责啊！不能让这颗梦的种子在我心中沉睡一辈子。在那段日子里，我常常哭泣，在泪光朦胧中幻想拥有一架属于自己的古筝，我可以坐在草木清疏，山色葱茏之处弹一曲《高山流水》，琴声、鸟声、水声，天籁合一。

最终，我胜利了。在经过我长达两个月眼泪的“狂轰滥炸”后，妈妈终于招架不住，同意了。真是柳暗花明又一村，不久，我们就通过熟人介绍找到了一位古筝老师，她也同意教我，我欣喜若狂。

其实我也曾经动摇过。那是在父母与老师约好去买琴的前一天晚上，我躺在床上，辗转反侧，久久无法入睡。我想了很多，幼时学电子琴的痛苦还历历在目，我不由得有些彷徨：我对古筝的感情，会不会只是我的一时冲动？古筝买回来，会不会又成为我的负担、枷锁？那时的我，感觉自己像一匹入了夹道的马，已经无法回头了。既然这是自己选择的道路，那就勇敢地走下去吧！

第二天一放学，我多想马上冲回家看看我的新古筝是什么样子，可偏偏又轮到我们组值日。一打扫完教室，我就飞也似的跑回家了。我终于看到了我的古筝——红褐色的桐木配上洁白的丝弦，琴头琴尾都有镂空木刻装饰；略一弹拨，指下就会流淌出一串清泉般的音符，金声而玉应。它太完美了！我简直挑不出它的任何缺点。我抚摸着这架用泪水换来的琴，内心感到了一种从未有过的平静。就这样，经历了曲折的道路，我终于和心爱的古筝相会了。

我走上了学琴的道路。没有预想之中的艰难，反而是出乎意料地简单和轻松。我学习的进度飞快，老师总夸我悟性高，是所有学生中学得最快的一个。我连着跳了好几次班。我想，这就是兴趣的功劳吧！直到现在，我已经坚持学琴两年多，弹琴也早已成为我生活的一部分。它给我的生活注入了一股清冽的甘泉，提升了我的艺术修养，也为我的生活平添了几分色彩。现在，我把我和古筝的故事写在这里，愿有梦者读之共勉。

教师点评

来之不易，自然会珍惜无比。作者用相对柔和的笔触记下这一段难以忘怀的心路历程。文章以“得”为主，以“练”为辅，繁简适当，相得益彰。

——汪笑东

月华触动我心

意外地，我和月亮不期而遇。

人们常常喜欢用“皎洁”来形容月亮，而我今晚看到的，是一轮橙黄的月。似乎比中秋时还圆一些，那如晚霞般瑰丽的黄，为它平添了一份温柔妩媚的情致。这么一轮风华尽展的月，在东方的夜空熠熠生辉，让我不禁有点惊诧，这么婀娜的月色，足以让一个星球惊艳，冥冥中来自另一个遥远世界的纯洁之光，竟让浩渺宇宙中蜉蝣的生灵莫名地感动，这岂不是无限时空中无意构造的一个神话？

月华如练，回风舞雪。月像是这冥冥暗夜的主宰。当月光照到我的一刹那，我分明感觉到月亮散发着如芳草般隐隐的清香。我的心微颤了一下，这是多久未曾有过的感觉呵！月亮用它盈盈的光包容了我，我的心似乎融化在那无尽的清辉中。月不能言，却能静静地用温柔的光抚慰，善解人意地谱出一帘幽梦。月亮从不会远离需要它的人，它总是微笑着与异乡的游子结伴而行，为醉酒的诗人酝酿诗意。

古往今来，美丽的月亮寄挂了多少诗篇？撩起多少感怀？多情的少女有“愿身化作月娉婷，伴君千里行”的柔情；离乡的王孙有“万里归心对月明”的幽思；满怀愁绪的骚人有“春花秋月何时了？往事知多少”的惆怅。

是谁在怀古伤今呢？“今人不见古时月，今月曾经照古人”“浪花深处玉沉钩，圆缺几时休”，无尽的时光，只不过是它的过眼云烟，无人能截一段它的清辉，填补于心。这怎能不叫人心生愁绪？张九龄有诗云“海上生明月，天涯共此时”，晏几道也有“当时月明在，曾照彩云归”的佳句，原来月亮最能扯动昔日情丝，情到深处，纵使远隔万里，也能互通心曲，因为月是他们最好的信使。

月光如水，还在缓缓倾泻着，今晚的梦似乎也沾染了你谜样的发香。啊！你比太阳更旖旎，从古到今，你从未改变过，慷慨无私地把一切美好的光辉洒向人间。万物与你不染纤尘的清辉融合，并且升华为同等的高尚洁净。让人禁不住遐想：这样的月只应在天国里，在神话中，在诗歌的传唱里。你的发梢眼角早已超越了世俗词语所能描绘的极限。在你圣洁的光辉面前，所有的语言都已沉寂，我只能由衷地说一句：

“多么美好的一轮月啊！”

教师点评

作者写月不局限于眼前的所见所感，而是通过联想，写到了古人的赏月，把古今的思想情感沟通起来，使月亮这个美好的意象成了古今不变的情感寄托的载体。文笔优美，情意绵绵。

——王补社

读《小王子》有感

在认识小王子之前，说实话，我想不到世界上会有如此奇妙的故事。清新的笔风，梦幻般的诗意，以及那淡淡的、挥之不去的忧伤，把我深深打动。

天外来客小王子，为了他远在家乡的玫瑰，他并不快乐。他总是惆怅地仰望星空。“星星是美丽的，使星空更加美丽的，是在某个星球上，有一朵看不见的花。”他的话似乎总在我耳边回响着。小王子，你多么执着啊！“我要为我的玫瑰负责……”我为你的执着所打动，你忧郁的眼神更是撕扯着我的心。

这真是一部写给大人的童话。“我那时什么也不懂，我应该根据她的行为，而不是她的言语来判断她。她使我的生活芬芳多彩，我真不应该离开她跑出来。我本应该猜出在她那个惹人爱怜的花朵背后所隐藏的温情。我是多么自相矛盾！我当时太年轻，还不懂得爱他。”这段话也许有着儿童无法领会的深意。

在寻找爱的道路上，小王子碰到了形形色色的人。那只狐狸，让我懂得什么叫作“驯养”，它的阐述太精彩了：“驯养，就是建立某种联系。”就是这种联系，让小王子在有五千多朵玫瑰的花园里，认识到了他那一朵是世界上独一无二的。这种联系需要用心灵去建立，用心感受他独一无二的地方，用心付出感情，并接受他带给你的快乐和温情。

小王子最后还是永远地离开了，可是那又有什么关系呢？狐狸说：“至少我还有麦田的颜色。”麦田的金黄会让它联想到小王子的金发，因此麦田被赋予了新意义。由于小王子曾经的到来，狐狸在今后的生活里多了一种快乐的颜色。

在我们的生活中，某时，某地，我们或许会被什么人所驯养。我和他们之间的联系，可以是一起看过一本书，一同走过一段路，或是虽身处异地，但可举目共赏的那一轮月。这些事物因为我们经历的不同、情感的付出，而被赋予新的灵魂，在我们孤独的时候，它们可以成为我们快乐的泉源。就好像王勃诗中所写，“海内存知己，天涯若比邻。无为在歧路，儿女共沾巾”。

小王子临走的时候说：“当你在夜晚望着星空的时候，既然我就住在其中一颗星星上，既然我就在其中一颗星星上笑着，那么对你来说，就好像所有的星星都在笑。那么你将看到的星星，就都是会笑的星星！”多么美好，多么纯粹的礼物啊！每当我读到这里，都心痛得无以复加。尽管小王子一直在笑，我的眼泪却汹涌而下。小王子此时苍白的脸颊，如同他的话语让我心疼。

其实我本不应该难过的，应该快乐起来，如同那只也失去小王子的狐狸，享受小王子赠予我们的礼物。失去并不一定意味着悲伤，只要曾经拥有过，生活就不再苍白，生命也随之改变。擦干眼泪，让我们相信，小王子并未死去，他只是离开地球，回到他的玫瑰身边去了。现在的他，是否已经卸掉了那份萦绕心头的忧郁呢？你看，星空如此美丽，因为每一朵，都是会笑的星星！

《海底总动员》观后感

生活就像大海，蔚蓝无边，深邃莫测，充满了惊险刺激与挑战。

母爱固然伟大，父爱则更加深沉。而可怜的马林——他既当父亲，又当母亲。他爱子如命，故处处如履薄冰，不敢让尼莫去尽情感受大海的挑战（这和他失去尼莫的妈妈珊瑚有关），甚至在尼莫眼中他是一条害怕大海的鱼。而当尼莫走失后，这份父爱才真正显出其可贵本质，为我们上演了一幕幕感人至深的故事。

马林的同伴多莉，是条异常可爱的鱼。她容易忘事，因此也没有烦恼。她把生活中的每个挑战当作乐趣。她滑稽、逗趣，却总能化险为夷。她看似大大咧咧，本质却是善良纯真。多莉才是真正在享受生活，不为世间的烦恼所累！漫漫长路，有了多莉，马林不必踽踽独行。有了多莉，马林，不，你，我，才懂得了友谊的真正意义。

尼莫住进了牙医的鱼缸。鱼缸看似平静，但鱼儿却生死未卜；环境貌似绚丽，但哪儿比得上大海的旖旎。鱼缸里的生活单调刻板又无聊，难怪鱼都想回大海去。值得一提的是鱼缸里的那些成员。有一条粉色的小鱼，一开始大叫尼莫没有消毒，不禁让人哑然失笑：一条小鱼竟也沾上了些尘世的习气。不过这些都只是表面现象，它们的心底还是透明质朴的。尽管鱼缸里的大多数鱼从没见过大海，但是它们都向往大海。其中只有那条黑色的大鱼和尼莫一样，来自大海——那个神秘又瑰丽的地方。我喜欢那条大鱼，因为它很酷，在他冰冷的外表下，有着火一样的热情。他们为了回到大海而不懈努力着，最终他们成功了。

不知你有没有注意到，"人"在剧中所扮演的角色——无一例外全是坏人。这不禁发人深思：在整个自然界中，人到底干了些什么？真善美似乎丝毫与人类无缘。

还有影片开头，马林对尼莫的教育方式，颇像一个中国家长——溺爱孩子，不敢放开手脚。多莉有句话很经典："如果什么事都不会出，那他不是什么也干不了了？"

除了马林父子团聚，剧中最感人的一幕，就是他们一群鱼冲破渔网的那一刻。团结与坚持，永远是我们生命中最不可缺少、最强大的力量。不论什么时候，我们都不要轻言放弃。在经历困难的时候，请记住多莉那句话："Just keep swimming."。

教师点评

这篇观后感最突出的地方是从形象入手展开分析，并时不时地用现实社会作比较。对形象的分析更容易体现作品的主题，对现实的观照，往往能加深认识的深度。

——王补社

特立独行的朱 Sir

初中三年，班主任朱学诚老师留给我的印象总是飘忽不定，这种感觉让我在提笔写他时有些力不从心，好像一拳打在一团棉花上。

他的头发理得很短，犹如他本人一样简洁利落；眉毛粗而且挑，带点霸气；眼睛不大，眸子却是炯炯有神，精光四射。微微向下弯的嘴角，使唇弯成一条弧线，显得傲然又冷峻。

他是个特立独行的人。大概是因为我爱看武侠小说的缘故，在我眼中，他像是一个退隐江湖的失意英雄，少了几分振臂一呼的干云豪气，多了几分成熟、老辣和几分若有若无的倦意，可那曾经血气方刚的痕迹是怎么也抹不掉了，时不时地从他的眉梢眼角透出。要我说，他还是向往江湖的，不然为什么总能从他眼神中读出倔强与期盼呢？有时，他的样子有几分侠客才有的英勇与决绝。

说起来，他从初一就开始教我们班了。可是一开始我对英语这门课，以及他这个英语老师都缺少好感，原因是英语是我的弱科，而他似乎总找茬和我过不去。记得有一次期中考试，英语又考砸了，他叫我去办公室谈话。我忐忑不安地挪到办公室，心想他肯定要问我为什么不好好学英语。他开口就问我为什么没考好，我支支吾吾地不知说什么好。然后他带点狡黠的笑问道，是不是他上次没把我分到A组（英语最强组），我怀恨于心，才故意考烂报复他。我又是震惊，又是哭笑不得，从小我就是个名副其实的乖学生，对老师除了敬畏从不敢存有其他想法。这般理由真是八竿子都打不到我。出办公室后，我心里暗笑：想不到平日里看着严肃的朱老师，竟也这般童心未泯！

初二那一年，他成了我们的班主任。在第一次班会上，他做了一次“任职演讲”。内容很普通，无非是总结了我们班现存的不足，讲了他对我们的期望、信心等等。最特别的是，他的讲话毫无粉饰与雕琢，更无空泛的大道理，却是针针见血，掷地有声。内容简短，却自有一股振奋人心的力量。我心底不禁油然升起丝丝敬佩。

在后来每日的相处中，我渐渐感受到了他与侠客相似的真正原因：他作为一个班主任，有着英雄的抱负。在他心目中，我们班的兴衰荣辱是他的一番事业。他希望我们班能成为一个各方面都出类拔萃的班级。哪怕我们班的现状与他的目标真的相差甚远，他也丝毫没有放弃努力，反而更加上心。

他总是和我们打成一片，没有代沟也没有老师的架子。纵然在学习上对我们要求严格，可在课余，他总是善解人意，通情达理。记得有一次英语课上，他讲解“sir”这个称呼是单独使用的，不用加姓。他还用自己的名字当错误示范，告诉我们如果叫他“朱Sir”是不正确的。结果调皮的我们却顺杆向上爬，偏偏叫他“朱Sir”。后来，“朱Sir”这大名可谓越叫越响，迅速在我们年级传开了。我们开始只是偷偷这么叫，后来在他面前也这么叫。他无奈，只得放下英语老师的“架子”，接受这个有语法错误的外号。

朱Sir还有两个特点。一，他神通广大好像无所不知。我们班谁有小秘密啦，谁成绩波动啦，谁和谁闹不愉快啦，他了若指掌，仿佛和我们心灵相通。二，说曹操曹操到。若我们说一些他的笑料，一回头，十有八九能看到他就站在我们后面冷笑。我有两次简直被吓得魂飞魄散。这让我一度怀疑他是不是无处不在。

时间就这么淡淡地流淌着，尚且来不及收拾那颗懒散的心，转眼间我们一只脚就跨入了忙碌的初三。初三像一杯咖啡，浓郁厚重。那些沉淀着苦、甜而醇香的日子，洋溢着最真实的美丽。自打初三，他处处表现出对我们的理解与宽容，体贴我们的压力与负担，了解我们的狂躁与不安。有时，聆听他的讲课简直像一股暖流流过心间，滋润了我们麻木的神经，让我们不堪重负的心灵获得一丝清凉的慰藉。这时，我更懂了他，他是真正关心学生的老师。我回想起以前对他的种种不满和怨恨，现在看来，是多么可笑幼稚！

初三的第一学期，我曾在日记中这样写道：

春去了还会再来，时日竟是一去不返了。岁月的砂石，磨不平他生命中的风骨。流年的清风，带不走他心中的期盼。他总是这么倔强地兀立着，迎着风，逆着雨，一年又一年，不愿改变。

而在这个褪去铅华的季节里，每个人心中总多了些真挚的色彩。我终于明白，他燃烧自己，把一切光和热都给了我们；我终于懂得，在不羁的外表下，他始终在心底向往着俗事之外的梦想。

真正影响我最深的是初三第一学期的家长会。我是记录员。那也是我长这么大第一次亲身经历的家长会。在会上，我目睹了他的焦急与无奈（平日从未这般剧烈的表现），我遂联想到自己在这之前的两次考试中，成绩像融化的冰淇淋一样缓慢下沉，不禁惭愧难当。此时，他和家长说的每一句建议都好像是在说给我听，让我扎心不已。我也目睹了某些不负责任的家长对他的误解、漠视乃至推卸责任。他性格中不易察觉的另一面——脆弱、忧郁，这时都暴露无遗。这一切给我心灵带来了太大的震撼：他真是给了我们太多，也为我们牺牲了太多了！就算是为了报答他，我也应该好好学习。

在那之后，我有了更强的动力，成绩像竹子一样节节攀升。我特别高兴。但让我有些怅然若失的是，他并没有因此而舒展他那紧锁的眉头。在接下来的日子里，我渐渐从疑惑中悟出了我的幼稚，也读懂了他眼眸中的焦虑。原来，他的理想辽阔如旷野，远不止是我一个学生的进步，更有着我们整个班集体的荣耀。我个人的进步怎么能化解他全部的焦虑呢？或许，我们都还离他心中的目标很远很远……

桃李开了又落。转眼间，初中已成为过去。我们都有了新的班级，新的课业，新的老师和同学。可是，我还是分外怀恋那些与朱Sir一起度过的战友般的日子。自觉对他的期盼和付出有些亏欠，只能在未来的日子里加倍用功，相信他也是一样，对我们每一个学生遥遥牵挂。

他像一本书，有点生涩难懂，又像一杯茶，要好好品其真味。

如果你不认识他，你大概想象不出这世界怎么还有这样一个奇特的人，沉稳、固执、无私、敏感、不羁、忧郁……有些特点看似矛盾，实际在他身上并没有出入，这些性格互补空缺，紧密联合，从而造就了他独特的风格与人格。不管怎么说，他都是不同凡响的人，平凡但绝不平庸，固执中辉映出嶙峋傲骨，狡黠中透露着放浪形骸。我很幸运，因为我有幸认识这个世界上独一无二的奇人，并做了他的学生。

对朱Sir，除了感激，还有祝福存在心间。朱Sir，愿您在今后的生活中抛掉所有的英雄失意，真真正正笑傲江湖。

教师点评

文章抓住了人物的特点，从外貌、行事到精神风貌都能恰如其分地加以描述，叙述很平淡，但情感很真诚，字里行间都充满着对老师的敬佩和感恩之情，读起来让人觉得亲切又自然。

——王补社

绛珠仙草——林黛玉

风萧萧兮秋气深，美人千里兮独沉吟。残缺了你的低回怅惘，那一杆杆翠竹又怎奈得住春的寂寞、秋的凄清？

风雨过往，繁华落尽，你的双眸，一如澄澈的秋水，映照着花木丛丛，已是绿肥红瘦。

飘零的花瓣，总是引起你伤感的泪。韶华易逝，芳春难留，你恨自己留不住时光，只得眼睁睁看着一日日、一年年，从指缝间流过。在你眼中，凋谢的花就是迟暮的美人，风雨葬花，如葬芳春，如葬美人。“一年三百六十日，风刀霜剑严相逼”，你惜花、怜花，因为你和花，竟是同样的薄命。

你也反抗过，挣扎过，可终究是无用，你奈何得了谁？“叹今生，谁舍谁收，嫁与东风春不管，凭尔去，忍淹留。”泪水，是你无言的宣泄，无语的抗争。你改变不了任何东西，而你唯一能做的，就是为这些花儿保存最后一丝尊严，将一成不变的清愁埋入香尘。你手把花锄，独倚花冢，看那落红缤纷，缀满了你的愁丝，满池烟雨，浸染了你的盈盈心事。

“且住，且住，莫使春光别去。”你凄清的泪水是否能帮你重拾那一季春的明媚？

林黛玉，好一个多愁多情的女子！

休笑黛玉的眼泪，因为她本是带着“用一生的泪水来偿还”的诺言涉足红尘。

休笑黛玉的病弱，因为多病，本是上苍对她的薄情，寄人篱下的命运，让她饱尝了人世的辛酸。那不是无病呻吟，而是生命中有太多痛楚，缀满她单薄的肩膀。

回想初进贾府，带着几分幽怨，你走进了大观园——这个人间仙境，孰知你本不是人间的女子，又怎会留恋人间的美景？

大观园中奇葩争艳，唯有你，素衣淡妆，不染纤尘。你的绰约风姿、你的俊秀诗才、你的冰清灵致，无不使每一个人心折。

宝玉说，“女儿是水做的骨肉”。你的晶莹，经不起别人的把玩，你的剔透，更经不起别人的鉴赏！

玫瑰花带刺，因为她要保护自己不被采摘。而你，卸去了所谓“尖酸”、“刻薄”的甲衣，依旧是如清水璞玉般的温润洁净。你的心里，盈满了似水柔情。

可叹，你的光芒才华，让这个封建大家庭无法忍受。你，注定是要陨灭的，如同一朵清流离浊世。你永远地离我们去了，却遗留一片清香，存于每个人的心中，永不消逝。

乌江亭畔

生当作人杰，死亦为鬼雄。至今思项羽，不肯过江东。

——李清照

乌骓停下了脚步，因为前方，确已无路。

夜色浓郁，滚滚乌江映照出你的容颜，忽明忽暗。

你傲然立于马上，长眉如剑，斜飞入鬓。你的星目灼灼似炬，闪动着，突然间，似抹过一丝不易察觉的黯然。

你座下的乌骓似乎也发现了什么，变得有些躁动不安。

你迟疑着，正值这时，敌军的呼喊声已由远至近。

你翻身下马，抖抖衣襟，却没有抖落你那一身傲骨。

是的，你从未丢失过傲骨。因为你，有骄傲的资本，你力拔山兮气盖世，才略过人、勇武无双，天下英雄有谁及得上你的万分之一？

可是，你却输了。

输给一群你眼中的乌合之众，输给了你最嗤之以鼻、背信弃义的刘邦。

你叹，结局不会是这样，至少也不应该是这样。

因为只有你，才是真英雄。

刚才的一番殊死拼杀不是你的垂死挣扎，而是你——一颗明星陨落之前迸发的最耀眼的芳华！

你想起鸿门宴上，以你的才智过人，如何不晓得项庄舞剑，意在沛公？只是你觉得，这未免胜之不武。你，不屑于此。

是的，胜败乃兵家常事，大丈夫能屈能伸，输掉一场战争，并不代表输掉全部。你不是不可以先渡过乌江，后图东山再起。但是，你的英雄气节，输掉一次，就再也赢不回来了。

夜色如水，星月阑珊，江边生起一层薄雾，苍苍茫茫。

滚滚的江水，好像也流淌着英雄失意的泪，无边无涯。

你转身，望着身边盈盈的虞姬，还有那匹神俊异常的乌骓，陪你南征北战，此时却沉默异常。

你眼里蒙上了些许水汽，第一次发出了沉重而无声的叹息，你用沙哑的嗓音吟唱着：

力拔山兮气盖世，
时不利兮骓不逝。
骓不逝兮可奈何，
虞兮虞兮奈若何！

虞姬清澈的眼眸中流露出坚毅，她幽幽地说道：“大王，我生是你的人，死是你的鬼……”

只见她拔出贴身的宝刀，扬手插入了自己的胸膛。当殷红的血染红了衣衫，壮士掩面，乌骓悲鸣。

你抱着逐渐冰冷的虞姬，浑浊的泪水无声滑落。你仰天长啸。啸声划破暗夜，响彻云霄。所有的伤心、失意、愤怒、仇恨此时都喷薄而出，似江水，汹涌澎湃。那啸声，足以让敌军闻风丧胆，让英雄闻之落泪。

多少恨，恨极在天涯！

陡然间，你的四周传来震天呼喊，蓦然回首，只见敌军团团围来，已是四面楚歌。你毅然放下虞姬的尸身，站起身来，圆睁环眼倒竖钢髯，依旧教人魂飞魄散。

死，亦要死在真英雄手下，怎能让小人玷污了你的英魂！

你抬眼看看天，一颗明星划出了一道耀眼的光华，陨灭了。

你紧握宝剑，挥手向项中一抹，顿时热血四散飞扬。你轰然倒下，最后映入你眼帘的，是敌军睁目结舌的模样。

谁说“成者为王，败者为寇”？你用你悲壮的一死，将你悲壮的一生化为永恒。你的感慨悲歌，依旧名垂青史。无人会忘记，你，一个失意的英雄，一场华美的哀伤，多少后人为你泪湿衣襟。

乌江亭畔，你的英魂长存。

教师点评

作者用散文诗一般的语言写出了项羽的傲气、豪气、骨气以及怜香惜玉的儿女之情，使英雄的形象显得更加的鲜明而真实，高大而立体。

——王补社

金色花海·汉中

若是心中无景色，那么走到哪里都是了无生趣；若是心中有意趣，走到哪里都是景色宜人。

汉中就是这样的一个地方。油菜花，大家应该都见过，若是想寻求什么海日天鸡的胜景，这里恐怕难得一见，这里有的是不加粉饰朴素的美，美到把你融化。汽车一驶入汉中境内，只见漫天遍野的油菜花：金黄灿烂，露出几点绿叶，每棵足有一人高，随风摇曳出阵阵鳞波，散发出蜜糖般的香味。在平原，是一望无际的金色，灿烂着直延伸到极目的山脚下；在丘陵地带，则是层层花海的梯田，一道一道勾勒着山的曲线。那隐隐坐落于花海的几间白墙红瓦，更是为画面增添了几分灵气。我没有去过普罗旺斯，但是我心里觉得，普罗旺斯要像这里这么美，那才名不虚传。

汉中的石门水库是褒河拦截而成，水清澈自然，透出一股轻灵的蓝。沿河走到上游，一面高大宽阔的大坝横接两座大山，沿着石阶步上大坝，欣然发现大坝两面是两个世界，一面是小河蜿蜒，宛若蓝色的玉带；一面是千里清波的湖水，湖面如澜。站在大坝上，微波阵阵袭来，让人误以为大坝在水中向前行驶，真是奇妙。沿着碧蓝的湖面望去，两岸的青山在极目处慢慢合拢，那远处的幽深景致，引人无限遐想。到了石门，一定不能错过此处的著名美食——石门鱼。汉中喜食辣，可是我们为避免调料掩盖住鲜鱼本身的味道，点了三鲜口味。鱼有一股自然清甜的味道，肉质细腻，鱼汤犹如牛奶一般乳白。好吃！

汉中南湖是一个静谧的天堂，这里让我联想到了多年前去过的大连鸟语林，也是同样的静谧、自然。我认为游南湖最好的办法不是把它当成若干景点的集合，行色匆匆不能领略到她的神韵，而需要静下心来，把她当成大自然的一颗明珠。在南湖公园中随意徜徉，看碧水绕群山，山拥碧水；耳听风过林，鸟语阵阵；登揽月楼鸟瞰，泛舟湖上访景。一切都是绿色的，一切都是静谧的。在这里，自然与人，居然能达到如此的和谐。可惜最终还是要归去，归去那喧嚣又寂寥的尘世。

每个地方都是一本书，自然是书的装帧，风土人情是书的内容，相互雕琢。懂得旅游的人懂得读城。曾看过易中天的《读城记》，感叹易老师对抽象文化敏锐的感知力。汉中号称小江南，田中的金色花海，路边的香樟树，食物中的辣椒，有些像四川话的方言，这一切确实和关中平原是两个天地。若这本书我一次读不透，何日得重游？

心语呢喃

难忘你的笑靥

灿烂得如万朵流星

也被我一起放进了记忆的相册

送别杨老师

我到现在才发现，原来就从你第一次踏进这间教室起，我的生活就已为之改变。

春华秋实。整个清秋的盛景，全部都为你绚烂。这些天，悲伤过，快乐过，期待过，失落过，憧憬过，彷徨过，有欢笑为邻，也与泪水为伴。这些丝缕，一起交织成窗外的那一片蓝天，我兀自摘下一朵白云，夹进书页，沉淀成我心中那一片细碎的回味。

难忘你的笑靥，灿烂得如万朵流星，也被我一起放进了记忆的相册。

每当我走在熟悉的教学楼下，总是习惯性地抬头望向那盏属于你的明灯，是否为我点燃。这已成为我生活的一部分，每当看到了温暖的灯光，心头就会被希冀填满，好像那是圣洁的真理之光，潺潺照进我的心田。

天下无不散的宴席，你终究是要归去。我所留不住的时光啊，从我的指缝间滑落，好似你离去的匆匆脚步。我曾为此彷徨，没有了你的耐心指引，我的物理之舟该驶向何方？而如今我已不再迷茫，载着你美好的祝愿，我会驶向梦的彼岸。

只是自此以后，曾经是你窗前的灯光将不会再照耀我的心房，即使它再度璀璨，在我眼里也是黯淡无光，因为这份回忆独为你珍藏。我不知道，在未来的一个云淡风轻的午后，当我再度走进那间熟悉的教室，用目光重温那黑板桌椅，所有逝去的岁月会不会重新来过；曾为之困惑的习题在脑中浮现，那么你手握粉笔的身影会不会再度出现？还有窗外的鸟语、阳光，是否也一如你的盈盈笑语，一成不变？

既然留不住年华的匆匆脚步，就该把这一切都付与岁月的洪波去冲刷洗练。当铅华褪尽，真淳始现，就让岁月去见证那些我们共同经历的难忘日子，究竟是不是过眼的云烟？

教师点评

写人不用叙事，通篇抓住了一个细节，通过自己的感受来表现人物的言行举止，但依然能让人感受到人物的音容笑貌，这种以虚写实的方法值得学习。

——王补社

人生如斯

请不要悲叹人生的无趣，生活的繁忙吧！

早晨，下了几点春雨，润如酥的小雨如琼露一般沁入我心，洗沐着尘世喧嚣所留下的些许尘土。

淡淡的小雨，在空中肆意飘洒。时值早春，大地正在暗暗苦孕生灵，而这春雨，是否在收集天地灵气，撷取日月精华呢？

傍晚时分，雨渐歇、天稍晴。我挟着疲倦和茫无头绪的烦躁走上了归家之路。忙于三点一线的奔波，心灵无情地被青春的青涩和劳苦填满，于是乎，头脑也木木然。

忽然，一缕清风掠过耳根，又有一曲灵箫娓娓采入耳际，我猛然清醒，才注意到眼前是一幅多么美丽的画面：在云雾中模糊了的西下夕阳，照耀着一汪汪或大或小的积水，反射回来，熠熠生辉，清灵明净；几缕云无意横在西方天际，满天绚丽旖旎的光彩，扑朔迷离，亦真亦幻。我被这一宏大的景象所震慑了，正赏心悦目之际，清风送来嫣然笑语，只见不远处，孩童和小狗正在嬉戏。他们跃动着，欢跳着，映着青草地和那极曼妙的天空，他们的身影是那样的动人，他们的色调也是那么的明丽，他们的快乐如同雾气一般弥漫得很远。行人被感动，在心里充盈起同样纯真的快乐和希冀。我灰色调的心情也在一刹那间消失得无影无踪，只留下了心旷神怡，悠悠致远，仿佛要与天地融合。那无尽的惬意，似乎要在我心中唤起诗句，但略一牵扯，词句皆沉默。我竟挑拣不出合适的措辞，来形容我满心的快意。

谁说人生苦短，去日苦多呢？滚滚红尘中，捧一杯清茶，品一笺茗香自会有一块自己的净土，来赏春花秋月，看云影天光。回想起以前的风花雪月，以往的风云厮杀，你会蓦然发现，其实人生如斯，用一颗平和之心看待它吧，它将会回报给你几丝清凉，几缕快慰。

回　忆

海誓山盟可以瞬间破裂，沧海桑田也会是过眼云烟；曾经沧海的刻骨铭心，终究在历史长河中变得轻浅；云雨巫山的漫长守候，竟让神女的笃定化作了顽石。

人生中究竟什么才是值得我们追求的？财富、权势、美貌、爱情……都可能在顷刻间失去，或者随年龄的增长而逐渐黯淡。当我们走过了足够长的路，却顾所来径，苍苍横翠微，唯一我们所拥有的，就是握在手里的那一丛丛回忆。

时间之水已淌过，回忆便成了最苍白的见证。我们毕竟回不去了，回忆只是向我们展示了一个令人向往的桃花源，可桃源入口却怎么也寻觅不到，我们只能遥望那美艳的桃花在烟雨深处招摇。

回忆握不住，时间之水依旧要流淌。就这样，我们在一个个平凡普通的日子里奔波忙碌，直至此时已成回忆，我们才猛然察觉，原来我们曾经拥有过那么多很美好很美好的日子。

天，多么蓝；云朵，多么绒；清风，多么凉爽；绿草，多么芳香。

过去的日子留不住，未来的日子摸不着，那么，就好好把握现在的一点一滴，细细咀嚼幸福的滋味，在阳光下，把内心所有的苦涩都散尽，直至满心都是阳光的香味。就算现在真的不开心，也没关系，因为我们还拥有如花的年华，我们还拥有希望，在未来，也许命运有你不知道的礼物要送给你呢！

人生就像一场旅途，途中有沙漠、有高山、有森林、有河流……每个人都不可能在一个景点停留过久，那么，就把我们的目光聚焦前方，要坚信前面的风景是最美的。那些逝去的我们所怀念的东西，会给予我们前行的勇气。

教师点评

过去、现在、未来，永远是人们讨论不尽的话题。逝者不可追，来者犹可待。生活不会因为无尽回忆而停止，而人生却会因为沉迷于过去而停下前进的脚步。期待明天，把握当下，这才是最真实的人生态度，也是最充实的人生旅程。

——王补社

那一轮明月

今天早上醒来后又沉沉地睡去，这种觉，最容易做梦。这次也不例外，做了一个无比惊心动魄的梦。

我梦到妈妈不见了，我和家人们找遍了城市的每一个角落，从早上找到晚上，还是找不到。傍晚时分，我们在房间里干着急，我突然发现，窗外陡然有光升起，我知道那是我寻找已久的妈妈。果然，那一轮圆月泛着微红的光，从东方的夜空中升起，以极快的速度升高，向天空中的另一个方向划过。在这过程中，月亮呈现出万千种奇光异彩，有时候化作几个彗星，有时候又闪现华彩。我感觉我要失去妈妈了，就对着月亮大喊——妈妈，回来吧，妈妈，回来吧……月亮没有停下脚步，依旧向西方的地平线靠近着，眼看就要消失，我跑上高山，又能看见月亮了！月亮在极目的天地交接处显得异常美丽，好像闪现着最后的光华。我嗓子已经嘶哑了，用尽最后一丝力量喊着："妈妈，我爱你。"这时从西方的天际冲出一道白光，贯穿了天空，瞬间展宽，把地面照得如同白昼，片刻之后又突然坠入黑夜。我的眼睛陡然不能适应黑暗，等到我慢慢恢复了视力的时候，妈妈已站在我的眼前，我喜极而泣。

梦醒了。我呆了两秒钟，泪水就夺眶而出。我一直呆坐在床上哭泣，直至哭得声嘶力竭。梦境太真实，历历在目。上天一定是要告诉我，原来妈妈就是月亮，月亮就是妈妈。从小我就喜欢月亮，月光总是带给我灵感和安全感。妈妈也是一样。我害怕失去妈妈，又怕妈妈失去我，没有机会来让我尽孝道。

如果妈妈真是从月亮而来，到达人间，为的是什么呢？她自己没过过什么富足的日子，虽天生丽质却也顾不上保养打扮，心思大多数都放在了我的身上。她的白发渐增，身体也孱弱了，一日比一日更加容颜憔悴。这到底是为什么，为什么？我这辈子都报答不了妈妈对我的恩情，只愿来生我做妈妈，她做女儿，让我照顾她抚养她长大，这才能报答得尽她对我的恩情。

此刻的心情没有语言能够描述得尽，以后纵远隔万里，见月亮如见妈妈。

教师点评

这是一篇写人的抒情性习作，写法上不同一般：从梦境入手，抒情而又虚实结合。文章的感情很真挚，感恩之心清澈而又动人。

——王补社

养蚕记

我爱养蚕。每年春天，叶嫩花初的时候，我都会问家里养蚕的同学讨上几粒蚕籽（即蚕卵）来养。可遗憾的是，我基本上养不活那种刚破壳而出的、针尖大的黑色幼蚕，所以同学又会善解人意地给我几只稍大一些的、已经变成灰黑色的幼蚕。这相比之下就好养多了，我都能养活。

养蚕，需要桑叶。可是我们这里的桑树现在是越来越少了，于是找桑叶就成了我每年养蚕的头等大事。有时候好不容易寻觅到了一棵桑树，叶子又总是供不应求，刚长出的小芽都被人拔得精光。因此，我的蚕儿经常挨饿，一放桑叶就马上把它啃得一丝不剩。有时候实在没有桑叶可供蚕儿充饥，我还会拿莴笋叶子代替。虽然莴笋叶子没有桑叶口感好，“饥不择食”的蚕儿们也是来者不拒。

记得有一年养蚕，爸爸在工厂里找到了一棵桑树，给我摘了一大包桑叶。我欣喜若狂，赶紧把叶子喂给蚕。没想到叶子上有农药，结果我当年养的几百只蚕几乎全部中毒身亡，只有七只幸存。我很伤心，几年都没有再养蚕。

直到初二年级，我又养了几只蚕。五一节要回老家，我就把它们都放在盒子里抱了回去。不知是不是因为长途汽车的颠簸，蚕都变得无精打采，也不吃桑叶，并且还吐黄水，连身子都皱皱的变成黄绿色了。我以为它们活不成了，没想到，那几只垂死的蚕竟然开始艰难地吐丝结茧。它们还没有到结茧的年龄啊！尽管茧结得很慢很慢，可最终还是结成了，比正常的蚕茧小一号，也不如正常的厚实。透过茧，我还能朦朦胧胧地看到蚕儿的身影。我小心地收好蚕茧，还给了同学。我明白，它们也许永远也不会破茧而出了，这洁白的茧就是他们的长眠之处。它们用尽最后一丝力气也要完成吐丝织茧的工作，可谓“春蚕到死丝方尽”。一只小小的蚕，所蕴含的毅力竟然如此惊人。

我虽不是每年都养，但是我养蚕的次数加起来也是相当多，所以蚕好像我的老朋友一样，一看见蚕儿我就倍感亲切。去年因为中考，所以没有养，今年我当然不会错过这个阔别一年的老朋友。和以前一样，我向同学要了几只小蚕（我能养活的那种），欣欣然开始养。几年的养蚕经验使我练就了鉴别桑树的火眼金睛。我今年在公园的草地发现了几株一尺来高的野桑树苗，而且尚未被别人发现，所以今年的桑叶供应不成问题。为了我的蚕宝宝，我每天清晨都早起去公园摘最新鲜的桑叶。鲜嫩的桑叶晶莹剔透，好像绿玻璃片一样透明，又像翡翠一样碧绿，还带着桑叶特有的清香。我非常享受在清晨采摘桑叶喂蚕的时光，还为此做了一首打油诗——《采桑》：

晨露采得新桑来，片片青绫带朝烟。
凝碧嫩叶翡翠色，清芳袭人气甘鲜。
玉龙翻空动凝脂，冰蚕逡巡碧玉间。
不图绣口吐云霞，其乐融融在此间。

我摘回桑叶后便洒在蚕盒子里，蚕儿马上就会围拢过来大口大口地吃桑叶，发出细碎的“沙沙”的声音。它们吃得很香，好像永远吃不够似的。蚕儿给了我很大快乐，不管有什么烦心事，一看到蚕儿就统统抛到九霄云外去了。有时候我甚至有点儿羡慕蚕，想像蚕儿一样拥有单纯的生活。每日只要有桑叶，它们就心满意足，不必为功利而劳苦奔波，惹得风尘仆仆。这才是真正的享受生活啊！蚕即禅，不管我身上如何沾满俗念，看见了蚕大嚼桑叶的样子，都会在心底升起一丝清净淡雅的快意与超脱。

由于桑叶充足，蚕儿长得飞快，一日大似一日，颜色也越来越浅。每过十天左右他们就会脱一次皮，然后就会一下子长大好几圈，颜色也会变白不少。蚕儿起初是灰黑色，然后变成灰褐色，再渐渐变成乳白色，最后则是莹白如冰雪了。这时的蚕儿，白胖可爱。我总是忍不住把它们放在手心里把玩，手可以感到它们“冰肌玉骨”的清凉。蚕变成纯白色以后，没几日就要结茧了。然后便是二十多天的破茧而出，变成蚕蛾产卵。

我之前总盼望着蚕吐丝结茧，可等到蚕长大了，我反倒生出了几丝不舍，希望它们多陪伴我几日。忆起自己每日采桑喂蚕的情景，实在没法想象没有蚕的生活将是如何的孤独乏味。昨天晚上，我发现长得最大的那只蚕不吃桑叶，头还晃来晃去，嘴边似挂着一根银亮的丝。我猜它可能是要结茧了，于是我把它捉到一个小纸盒里。为防止我判断错误，我又拿了一小片桑叶给它，然后观察它的举动。只见它先是爬到了那片桑叶上，用嘴抚摸着，可终究没有吃——就算再也不需要吃了，它可还是对桑叶有着无尽的依恋。看着它依依不舍地从桑叶上爬下来，我忽然一阵心酸，想到我以后再也不能看见它狼吞虎咽的样子了。它果然爬到了小纸盒的角落，摇头晃脑地吐出了一根白亮亮的丝，开始织茧。

今早再看时，蚕茧椭圆形的轮廓已经依稀可辨。透过一层轻薄的丝膜，我可以看见我的蚕儿还在里面片刻不停地吐丝织茧。它一定一晚都没有休息。我的视线突然模糊了，其实蚕的生活很不容易，要去努力地吃桑叶、努力长大、努力脱皮，最后还要努力吐丝，完成化蛹为蛾的过程。这是它们生命的轨迹。它们成长的每一步都是艰辛的，不像我之前所想象的那样简单。我不禁对小小蚕儿的生命产生了敬畏之意。

不知蚕儿有没有离别之情，趁着这时茧尚未结好，我把小纸盒举到蚕盒上，略微倾斜，好让它的兄弟姐妹能够看到它，和它作最后的道别。可是，其他的蚕儿仍旧吃桑叶，它兀自织茧，谁也不理会谁。

茧，越做越厚实，在其中的蚕越来越模糊了。我真的很害怕再过一会儿，我就再也看不见那白白胖胖、在丝线中忙碌的影子了。日后它变成蚕蛾破茧而出，那就不再是我所认识的蚕宝宝了。可我留不住时间的脚步，蚕儿还是要去履行它的使命。洁白的茧越发清晰。数十日蚕由小及大的诸般情景此刻都涌上心头，挥之不去。这么多天，我不就是盼着这一天吗？可当它真正到来时，我又感到如此失落，怅惘。

我望向窗外，向晚的天空洁净莹蓝，像蓝宝石一般美得让人窒息，点点白云如同海上泛起的朵朵浪花。我忽然发现那一朵云像一只蚕，又像一个茧。风，轻轻吹着，云儿飘向天边，天仿佛在转动。夕阳转走了，移来星光。春天转走了，迎来盛夏。

小小的茧啊，你锁住的不是蚕，而是一季明媚的春光。蚕儿，你虽生命短暂，却留下了新生命的希望。明年，柳絮轻扬，桑吐新芽的时候，我将会再次看到你破壳而出，去拥抱那明年的春光。

教师点评

《养蚕》这篇纪实散文，记叙描写了小作者养蚕的全过程。作者细致入微、生动形象地写出了养育蚕宝宝的喜乐与怅惘。文中与文末的议论精当深刻，颇能启迪读者，留下深意。

——傅金芳

世有百艺

一直很羡慕那种能专注于自己手艺的人，无论这手艺关乎什么。像诗人依赖着月亮，那种灵魂深处的共鸣，天人合一。

世有百艺，而我却因为泛爱而失去了最爱。

从小的时候起，我就沉浸于在洁白的纸上绘画。细心描摹，精雕细琢，直至把自己的最后一分力气，都涂抹到画纸上，把每一丝灵气，都吹到画中人的眼神中。每一次搁笔之后都要对画痴望，生怕画中人突然动起来，飞走不见了。我喜欢那种自由涂抹的感觉，在笔下可以创作一个脱离于凡尘的世界，我喜欢那种脑海里的画面随着细细的笔画能慢慢具象起来的美妙感觉。那时候，我觉得绘画就是我一生的至爱。

长大了一点，觉得文字的世界也不错。失落了、伤感了、兴奋了，都可以一头钻进文字这个纯美的世界，从而得以遣怀。如洪水般的感情，往往在文字的梳理中慢慢温顺下来，在笔尖流淌，像潺潺的流水，一丝不乱了。

当我已经是个少女的时候，才和民乐相见恨晚。那个偶然的机会，我与古筝邂逅，我感觉她已经在江南等我千年，轻柔地抚过我前世的神经，让我不能自拔。我觉得今生错过了，都会追悔一生。古筝的美，在于音色之清越，如风入松，如泉过石。

上了大学以后，我见识了辩手唇枪舌剑，巧舌如簧，旁征博引，来回拆招，杀人于无影；播音主持甜美的声音，呈现给人听觉上的完美；认识了书法者的笔走龙蛇，画者的泼墨挥毫，舞者足间上的青春，歌者飞扬的嗓音，视频制作的天衣无缝，摄影的鬼斧神工……

见过了，只觉得好羡慕他们。因为他们有足够的热情、精力可以投入到这个技艺上，足够把技术磨炼成艺术。

在达到收放自如、随心所欲的境界前，每项艺术都曾是“苦逼”的技术。画画的画过鸡蛋，弹琴的练过琶音，写作的写过日记，辩论的有过晨读，视频制作的要学软件，摄影的要学习怎样灵活应用机器和软件。然而，这些都不是最难的，最难的，是在时光中积累，是在无数次实践中获取经验，形成自己的风格。最终，你才能有一双足够熟练的手，可以与你的灵感并驾齐驱。那些原料，才能任你驱使，凭你掌控。

这就是我的症结所在，爱好太泛，疏于灌溉，怎么可能每个都长成大树呢？大学四年的学业又是如此繁忙，旧爱早已蒙尘荒废。那都是用心血浇灌开出的花啊！我心痛又惋惜。

有一天，我碰到了某人，他说我生来百艺皆精，我笑笑不置可否。凡夫俗子一枚，怎么可能精通百艺。是的，我的爱好，在外人看来可能觉得是那么回事，可是自己心里知道，现在是我驾驭技术还是被技术驾驭的层次。

《神雕侠侣》有一个片段印象十分深刻。在杨过早年，有一位武林中人问杨过使什么功夫，倒把杨过问得怔住了，苦思冥想三天三夜也没有结果。杨过出身古墓派，并在古墓中窥得武林圣典《九阴真经》，自幼蒙欧阳修传授逆转心经，雪山之上得到洪七公打狗棒法真传，机缘巧合学得黄蓉的弹指神功、黄药师的玉箫剑法和落英神剑掌、武家一阳指、独孤求败剑法。杨过绝顶聪明，又有这么多根基，他深知每一个都是博大精深，每一个都可以耗费其一生去潜心钻研，而成为武学大家。但是杨过迷茫，他不知道自己应该如何抉择。金庸也是太厚待杨过，最后给他安排了一个黯然销魂掌，无论从武学还是艺术的角度，都足以让前面的诸多武功失色。这个武功是杨过自创，是他性格的写照。除了这个，没别的更加配他。

杨过如此幸运，我呢？我不希望每个技艺都是浅尝辄止，我希望能有更深层次的技艺，能够有一双足够灵活的手，足够丰富的经验，能让我不用受制于形式，自由去发挥我的想象，去物化我的灵感，表达我心中的美丽。

世有百艺，哪个才是我的菜——

不如相忘于江湖

天气一日凉过一日，晨雾也越发浓重，直至午间都不肯退去。那刚直的塔影，也只能在牛奶般的雾霭中绰约地窥见一丝轮廓。

枫叶在秋风中尽情上色，红得冷艳，喷朱渲赤，无畏严寒。远远望去，如灰暗背景上一团跃动的火。

不经意间，漫步到信远花园的小木桌旁。那上面刻下了太多或痴情或闲愁或调侃或激昂的句子，时日已经让它们变得斑驳。不知是谁，亦不知何时，将心情写在了同一方木板上。时光，人……无数底片相叠在同一个空间。细细看去，颇有意趣。

目光逡巡间，有一句陡然撩动了我的心弦："相濡以沫。不如相忘于江湖。"以前听到，只觉配上大漠孤烟的底色，很有一番侠气，很是赏心悦目。但是现在，突然觉出了无尽的苍凉。"相忘于江湖"，或是近在咫尺却形同陌路，或是远隔千里，互相淡出了彼此的生活。可是，每当对月酣饮，微醺半醉时，会不会牵挂他？会不会忆起曾经相濡以沫的种种？

我很难想象，说出这句话的人到底是何种心境，有何种经历。他一定有很多故事，他的心也一定因为饱经世事而醇厚甘温。这句话让我想起庄子的鼓盆而歌。妻子离世，生死茫茫。率性的庄子，用这种方法悼念亡妻，境界实非一般。

人生有时恨不能相忘。拿起固然很好，放下却是另一种超脱。好比画素描，有时需要仔细涂抹，有时却需要留白，如果这还不够，便用橡皮粘去些许铅纷。

好一个相忘于江湖！洒脱，率性，随遇而安。相濡以沫是一种缘分，当缘分不在了，何须执着，挥一挥衣袖，不带走一片云彩。

人在西电，很久很久没有写作的灵感。每日步履匆匆，为了课业和琐事忙碌。少了文字的滋润，心已越发干涸。今日难得被这一句刻在木桌上的话所牵引，钻进文字的世界里得以小憩。尘世纷繁，需要文字帮我梳理，心绪愈多，需要付诸笔尖，好腾出心的空间来——虚怀若谷。

静坐于此，日光淡淡，微风过耳，鸟鸣虫声都已静寂，唯余薄雾环绕，还有我，如醉如痴，轻声吟诵：

相濡以沫，不如相忘于江湖。

文人的心

早春里，薄云掩住了太阳的光辉，微风便清冽袭人了。

看似平静的世界在暗暗苦孕生灵，为即将上映的华彩积攒能量。

在匆匆的脚步中踏过了一沓沓日子，任周围的季节更迭，风物暗换。

总是这么钟爱于散步，不管是独处的洒脱还是有人陪伴的温馨，我流连于路过的每一处风景。

蓦然发现，其实我从未丢掉那一颗文人的心。

忆往日，最爱在淡淡阳光的午后，手捧青茗，信手翻着诗集，总会有那么几句话，那么自然地映入我的眼帘，如我心弦上的回音，契合得天衣无缝。“水面清圆，一一风荷举”“自在飞花轻似梦，无边丝雨细如愁”……那千年之前的场景，仿佛在我面前重现，如梦如幻。常感动于纵横时间的文字，让我和那素未谋面的诗人，穿越了时空的维度，有了交点。

曾执着于春与秋的区别，一个英华外发，一个和顺积中；曾执着于叫出每一种花的名字，甚至只通过香味，辨别她们；更欣喜于雪之曲的变奏，小雪似竖琴，轻盈可人，中雪如长笛，缠绵悠长，大雪似琶音，激浊扬清；更感动于皓月清辉，浮云悠然；也侧耳于暗夜清箫，琴声娓娓……

喜欢目光与文字接触的时光，感动于文字中蕴藏的旋律，如泉水叮咚，还是如海之波澜壮阔？这份快乐只为文人独享。

有时候，也会犯点文人的“迂腐”，对着落叶嗟叹，望着秋雨呢喃，也许这是文人没法改掉的敏感。

我固执于守住一颗文人的心，这并不简单。时间被课程表所淹没，头脑里也经常装满了代码公式，这时候，想要就点月光谈吐诗意多少有点不合时宜，只好把这些文人的丝缕情愫深藏心底，只希望它不要随岁月而风化。

有时候，会在心底向往一种超脱凡尘的岁月，云雾山中，一眼泉，一畦花，几竿竹，一架书，足矣。任云淡风轻，我只听风入松，泉过石。

可是终究知音寥寥，在习惯了摇滚的世界里，谁还能为《阳关三叠》《渔舟唱晚》而驻足？就连我，也少拨冰弦了。

可是我还是想要小心呵护我的文人心，如护着一泓清泉，如果没有它，我要如何感知花开的声音？我要如何欣赏黄昏的云影？我还怎么吟咏“俱怀逸兴壮思飞，欲上青天揽明月”？如果没有它，我的人生会少很多色彩。

守住一颗文人的心，如同守住自己的精神家园。

教师点评

与美妙的文字结缘，心灵永远不会被岁月的时光风化，与敏感的文人为伍，干枯的精神常常会被细腻的情感滋润。像文人一样感知生活，你的灵魂永远会年轻，在生活中发现美，在文字里感受美，美会与你同在。

——王补社

毕业记

就这样离开，我的第二故乡。

还记得，初次来到西电校园，我用小鹿似的惊恐又好奇的眼神打量着这里的一切。迎新的标语，各色的海报，在我眼中都是那样的新鲜。还记得那时候的踌躇满志，那时候的意气风发。四年的时光，如同白驹过隙，这里的一切都由陌生渐渐变至熟稔，终于变成生命的一部分，无法和我青春的回忆分割开来。却，又要在这时离开。

又逢年年花香时，校园还是一如初见的那般胜景，餐厅周围的紫叶李盛开如云，宿舍楼前的樱花飘落如雨，幽幽小径旁满是新绿芳草，缤纷落英。此时的校园，美丽得过分，美得我心刺刺的疼。我不敢看，我怕我多看两眼，就再也无法忘却。

学期将尽，听见广播站的播音员同学温柔地说着下学期再见，看见荷塘的花开得娇艳似火。下学期，我该如何和熟悉的《西电之音》再见？明年的今日，又是谁在水畔看花呢？

要离开了，真羡慕在校园里安家的小鸟。西电，我好想是个归人，而不是过客。

一回首，已成此间的少年。

四年前，我第一次离家独自求学，四年后，我要飞去更远的大洋彼岸追寻更大的梦想。几年的苦乐酸甜，不堪细数。心在磨砺中变得坚毅，眼在泪洗中愈发清亮。我感谢在西电遇到的每一个或志同道合，或迥然不同的人。在一次一次思维的碰撞中我渐渐认识自己，认清自己想做的事。西电为我展开了一扇通往新世界的大门，带给我眼界的提升。西电教给我太多太多，她在某个意义上塑造了现在的我。她给予我追梦的翅膀，我便留给她我的青春韶华。

八十年校庆，于万人之中我曾悄悄许下一个诺言：再过二十年，让我们再相会。那时的山，那时的水，那时的母校更美丽。我会回到你的身边，同庆你的百岁诞辰，重温你清新又严谨的气息。到那时，哪怕我已经红颜不再，哪怕西电已经不再是属于我的象牙塔，我也深知，这里的每一寸土地，春风吹过的地方都有我的足迹。

毕业，这是一个时代的结束。告别了青涩的学生时代，我们稚嫩的肩后，是整个庞大的人生。我们的未来，像是一幅徐徐展开的崭新画纸，任由我们泼洒描绘。

有故事的地方，有故事的人。离开了这里，我会带着对母校的眷恋，继续书写我人生新的章节。

即将迎来新的征程。明天，你好！

爸爸和女儿的第二支舞

记得小时候曾在路边书店翻看过一本刘墉的书，是他写给女儿的。书中的扉页上印着刘墉那豆蔻年华的女儿，那灿烂的笑容，多么清纯美丽的模样。在书的开篇，刘墉就写道：在西式婚礼上，当新郎新娘跳完第一支舞曲的时候，一定要由新娘的父亲和女儿跳第二支舞，这是多么为难父亲的一项，原因是当他在女儿出嫁的那一天，若要挽起女儿的手缓缓起舞，他一定会当众泪如雨下。我看了看，似懂非懂地合上了书。

过了这么多年，刘墉的那句话依然清晰地印在我脑海中，仿佛是要在我亲眼看见这个场景时，提醒我再体会一下他的爱女之情。

昨天，我有幸参加了朋友王旭的婚礼，这是我第一次亲眼见到西式的婚礼。在室外的鲜花长廊下，新娘由父亲挽着，伴随着小提琴演奏的《婚礼进行曲》，微笑着走向新郎，然后由新娘的父亲将新娘的手郑重地交到新郎的手中，一边是英姿勃发的青年，一边是两鬓斑白的长者，那个身着婚纱美丽的妙龄女郎，将他们连接起来。世界上最爱这姑娘的两个男人，完成了她一生托付的交接。

宴会过后，人们纷纷围绕在舞池周围，跳舞的环节开始了。首先，是新郎和新娘的第一支舞。他们一定是经过了数次练习的——每一步都迈得慎重，每一次转圈都按照既定的节奏，在注意脚步之余，新郎新娘频频会心而笑。这一支舞，是他们华丽的表演，人们报以微笑和掌声。第二支舞曲响起，长者取代了青年，和新娘开始跳第二支舞。音乐由原先的欢快转为慢板的抒情，这一支舞，没有任何复杂的舞步或旋转，但是无论是父亲还是新娘，都比第一支舞要自然得多。父亲注视着女儿，那眼神里面满载了慈爱和温柔，新娘看着父亲的眼神，少了看着新郎时的妩媚，但多了一丝小女孩对父亲的撒娇。父亲迈着稳健的舞步，不徐不急。新娘也不似跳第一支舞时的谨慎，每一次前进，后退，摇摆，都似乎自然天成的。他们在轻声交谈着什么，只见新娘一会儿说，一会儿笑；而父亲，眼神从没有离开女儿一秒钟，仿佛是要珍惜这短短的舞曲。观众在父亲面前仿佛不存在，这不是一场表演，而是他这个女儿的守护英雄最后的谢幕。

舞曲轻轻放着："只要你过得比我好……过得比我好……所有快乐在你身边围绕…… 一直到老……"第二支舞结束，我却忘记了鼓掌，因为泪水早已夺眶而出。此时此刻，此情此景，我想我终于明白了刘墉先生的心情。我小时候也曾和爸爸跳过舞，看着新娘和她父亲跳舞的身姿，我爸爸跳舞时特有的那左摇右摇的身影浮现在我脑海中。待到我出嫁的那一天,我的爸爸,会是以什么姿态和我跳第二支舞,会喜悦吗?会伤感吗?还是会百感交集:一晃眼,自己的女儿从一个黄毛小丫头成长为亭亭玉立的姑娘,如今披上婚纱,要嫁为人妻了。想着,我的眼泪又盈满了眼眶。

不久后,新郎挽着他的母亲也步入了舞池。新郎的母亲眼中充满了欣喜,仿佛是在参与一项从没有玩过的游戏。她脸上闪过红扑扑的光晕,人仿佛年轻了二十岁,又重回到了青葱的少女时代。一曲舞毕,新郎的母亲说道,自己从来没有和儿子跳过舞,这是第一次,觉得很好玩,希望以后还有这样的机会。新娘的父亲也说,这是他第一次和长大的女儿一起跳舞,女儿很小的时候也跳着玩过,回忆那时候的样子,还能把她举起来。

母爱如水,父爱如山。我们不管长到多大,也走不出他们爱的包围。

爷爷，天堂的路一路走好

前天早上接到消息，爷爷安静地去了。他在八十岁这个年纪，安息主怀。我无法亲自送爷爷最后一程，只希望明月千里寄哀思，爷爷一路走好。

在印象中，爷爷一直是一个有骨气，有担当的真男儿。无法参透他庞大的一生，只是从他晚年清瘦而坚毅的脸庞窥到几许磨不平的风骨。

爷爷是一个有才情的人。退休之后仍在北京找到工程师的工作，发挥余热。爷爷写得一手好字，经常自己手书春联。小时候我总是缠着爷爷要他教我练字，他每每潇洒地在纸上写上这几个大字："祖国繁荣昌盛，人民幸福安康"，说道，"你练好这十二个字，就够你用了"。令我惭愧的是，我现在也没能学到爷爷的十分之一。今年春天，爷爷托人带给我手抄的《诗篇》二十三篇，那是我最喜欢的文章之一。我一眼看去，就发觉字迹失去了以往的苍劲有力，可见病痛对他的折磨至深。但是，还是遮掩不住那清俊的风骨。没想到，这字迹竟成了爷爷给我最后的礼物。

我的童年和爷爷是分不开的。小时候爷爷的院子，是我玩耍的天堂。在那个院子里有我和爷爷许多许多的回忆。院子里面栽种了各种果木，有葡萄架，苹果树，梨树等等。我总是等不及水果成熟便往嘴里塞，然后被酸涩得吐口水。还记得和爷爷一起在院子里捉麻雀，用一根树枝支起箩筐，树枝牵着一根绳子，箩筐下面放上玉米榛子。结果挪了好几个地方，机智的麻雀总能找到地上的残渣而不进入箩筐中去。中午爷爷奶奶都睡午觉，只有我不睡，偷偷溜下床自己玩，被爷爷形容为小老鼠。那时候还因为贪玩，自己偷偷地用缝纫机扎手绢，结果误伤了自己的手，爷爷带我到医院去取出手指里的针。不记得那时候自己是怎样的哭闹，只是一直记得爷爷为此做的打油诗，“昨日入医院，归来泪满巾。不听爷爷话，指头疼死人”。还有爷爷奶奶带我在东湖玩耍，我每一次都拉着爷爷找小青蛙……这些回忆，慢慢地在岁月中沉淀，又在爷爷一次的津津乐道中加深，直至不能磨灭。

爷爷是一个生活极其朴素的人。他一直都会在闲暇的时候自己种点蔬菜，即使搬离了院子，住进了楼房，爷爷也总是会在楼房附近开辟出一片菜畦。住在教师小区的时候，爷爷楼下的菜园要变成工地了，我便去采摘果实。只是抱着玩耍的心态，我把大的小的豆角全部摘了回来。可是这一无心的举动却得到了爷爷大大的赞赏，他甚至会逢人提起：“我孙女知道节俭，那么小的豆角也不浪费。”可见爷爷是一个注重勤俭的人。可就是这么节俭的爷爷，每一次我回去见到他，他总是硬塞给我很多钱，嘱咐我在外面上学要多照顾自己。而每一次我给爷爷捎回去营养品，爷爷也总是说够了不用再买，让我下次不要乱花钱。

爷爷一直都为我感到很自豪。高考结束，爷爷动静起坐，都会说兴奋地说：“我孙女考了五百九十八。”虽然在我眼里这并不是什么特别好的成绩，可是却让爷爷乐开了花。在我出国读博士前夕，为了送我，一家人在凤翔吃饭。在饭桌上，爷爷叮嘱我，在国外不要忘本，也不要忘记自己出国是去干什么。当他提到不知道我什么时候能回来，我们可能再也不能相见，说得我泪水涟涟。在国外读博的日子，每每在学习上疲倦，或者在安逸面前懈怠，总忘不了爷爷那一段话，激励我完成学业。明年毕业在望，爷爷却撒手人寰，没能看到我学有所成的一天……

爷爷曾经半开玩笑半认真地说他想要小汽车，我说我买，他说他不会开车怎么办，我说我来雇司机。可是我却没有兑现这样的承诺。我还有一个愿望，就是能接他和奶奶到美国旅游。爷爷没有等到我有能力孝敬他的一天啊！

这四年中我回过两次国，每次都和爷爷奶奶只有一两天短暂的相聚时间。2014 年暑假回国，离开的时候爷爷奶奶都非常用力地抱了我，一直站在原地直到汽车驶出视线。我落泪感慨道：我愿爱者多保重，我愿长归还，常相伴。去年冬天，我又回国看爷爷。就在我回去的短短几天，本该是欢喜相聚的时间，爷爷却查出来胃癌晚期，全家人心上都笼上了一层愁云。

我走后，听说这半年爷爷也因为疾病的原因很少吃东西，甚至后来水米不进，体重掉至八十斤。可是他一直都保持着非常乐观顽强的心态。直至今日，我仍不敢相信爷爷就这么走了，曾是铁骨铮铮的男儿，全家人的顶梁柱，就这么不在人世了。我再回乡，也是物是人非，不能见到熟悉的慈祥面容了。伤怀之外，最大的安慰就是爷爷走的时候也没有太大痛苦。相信爷爷已经荣归天国，圣经说："因为凡祈求的，就得到；寻找的，就找到；敲门的，就为他开门。"因着我们共同的信仰，我和爷爷的分别不是永别，而是暂时的分隔。

爷爷行完这一世路程，度过风浪重重，与病魔作斗争，多有不易。在耄耋之年，您终于能卸掉尘世的负担，在天国安歇。虽是极其想念，但这也是孙女的极大安慰。

教师点评

这是一篇写人叙事的回忆性文字。叙事干净利落，重点突出，人物性格鲜明，形象突出。最可贵的是文章抒情性很强，边叙边议，字里行间都洋溢着对爷爷的思念和爱戴之情，具有很强的感染力。

——王补社

东湖·旧时光

凤翔，若不是有东湖的存在，可能只是个寻常不过的西北小城。

可是一切皆因为有他，苏东坡，而变得不寻常。这位无可救药的乐天派，天才的工程师，在他赴凤翔府签书判官的三年中，引凤凰泉水注入饮凤池，种莲植柳，建亭修桥，筑楼成阁，这才有了东湖。

这一泓灵性的凤凰泉水，一半酿成了西凤酒，香了十里草木，一半聚成了东湖水，醉了千年荷香。

苏轼在这粗犷的西府雍城，开辟了一池温柔碧水，雕梁画栋，曲影回廊。这位大文豪的诗情，氤氲了千年，依然在这个地方，醉着一代又一代的后人。

凤翔人的性格，刚中带柔。谁知道那一丝本不属于黄土高坡的温柔与灵动，是不是来自于那水、那桥、那亭。

东湖，是这小城的荣耀，是这只凤凰凤冠之上的明珠。

东湖是凤翔天然的背景板。每个凤翔人家里应该都少不了摄于东湖的照片。爸爸妈妈都有很多这样的老照片：在泛黄的黑白相片中，爸爸和家人一起端坐在湖前照全家福，那背景比画儿还要好看；妈妈在湖边拂柳微笑，雪肤花貌，所谓伊人，在水一方。

儿时常常回故乡凤翔，东湖是每日必去逛一逛的。那碧绿的湖水，朱红的亭，长长的桥，构成我对故乡最初的印象。

童年的我，在东湖湖边撒开脚丫子奔跑，后面则是家人气喘吁吁的追赶。若荡舟湖上，馋嘴的我必要在藕花深处寻觅莲蓬。劈开莲蓬，拣出七八枚碧玉般的莲子。剥掉那厚厚的绿皮，去掉莲芯，把莲子扔进嘴巴，那股清甜直沁入心间（好像长大后再也没有吃过如此新鲜的莲子了）。

君子亭，喜雨亭，鸳鸯亭，凌虚台，长桥，山庄……每一处景都布局精巧，别具匠心。有时一座桥明明近在眼前，却又让游湖无数遍的我们寻觅不到幽径到达。每个亭里面的穹顶和梁上都描绘着一张张精致小画，细细看去，或湖光山色，或描绘诗情，皆有典故，竟没有一张是重样的。这园子真是古朴又神秘，好像蕴含着无尽的景色等待人们发现。

东湖是凤翔人的后花园。园子里常常遇到散步的、打拳的、唱秦腔的乡亲们，他们操着一口浓郁的西府乡音，那样淳朴、那样亲切。

在东湖的心情是宁静的，在东湖的时光是悠长的。

时间慢慢地流淌，爷爷奶奶、姥姥姥爷都相继搬离了小城，搬到了儿女所在的城市居住，生活方便，互相也有个照应。

我们渐渐不再回小城了。

我不舍东湖。但是去看她，生活缺少一个现实的理由。

再后来，我独自去了更远的大洋彼岸。故乡，成了一个越来越回不去的地方。

而此时的我还是心心念念着那一池荷花，小桥流水，曲影回廊。

几度梦回。遥想故乡的夕阳，是不是还是安详地洒在东湖水上。小城的时光，是不是还是那样悠长、悠长……

诗心一瓣

我坚信

一张纸、一支笔

可以创造一个世界

青春的旋律

十六岁的天空有时是会泛起忧郁，但这绝不是青春的主旋律。

——题记

我们像是刚刚告别源头的小河
容不下一点泥沙，是那么清澈见底
成长的途中总会有忧伤欢喜
不必为了一点砥砺
就悲叹大海总是那么遥遥无期
我们还很年轻
像初升的太阳绽放在东方的天际
像一棵幼苗
会长成大树或是野草
完全取决于我们自己

不必为了一点风雨
就失去满腔的勇气
背起成长的行囊，挽紧青春的手臂
让我们一路高歌，去把梦想铸缔
年轻人就应该有年轻的朝气
乐观、积极、诚实、自信
这才是青春的主旋律！

听　雨

回首望窗
已是雨湿红尘
宛若有一把天琴
谁在弹着，弹着
那无尽的雨丝
是接连不断的琶音
闷雷涌动
是弦断的裂帛
在天地间
演奏着一首宏大的乐曲
我也罢了手
在窗前驻足聆听

豆　蔻

如果春天会再来
那么请告诉我
什么是秋楼烟雨的愁绪
桃李明年可再发
而那一轮满月的清辉
竟是无论如何也挽回不了的了

人生仅此一次
阳春三月的嫩芽
为何要在十月里消失
或者，她要绽放出更美更绚烂的花朵

时光总会走远
物换星移之韶华

有一天会白了我的发
那么就让我别忘记
别忘记这秋日的霜华

无月夜

夜
无月
只有一片黑暗的静谧
不着痕迹

天空中挤满了云朵
还有小雨在下面洋洋洒洒
像是静夜中的竖琴协奏曲
在这个北方雨季的秋天

良久
雨声渐歇
万籁俱静
夜

凉如水，温若玉
我知道
黎明在另一端
等待着
来叩响我落满灰尘的门

弹　琴

海天茫茫，孤云过往
任指在琴儿上弹奏着晦涩的古曲
除了林鸟，还有谁来聆听呢？
那清绝的调儿，也同浮云一般飘散了

湖　边

你来时
湖水映出你的影子
你走后
我想掬一捧水
水清如许

挽　歌

我害怕那种
泪水盈满眼眶的感觉
是撕心裂肺的
虽然只在一瞬间迸出光芒
却能够燃烧我的一生

我知道
一切都要完结了
我没有那种力量
让时间都为之停止
当我转过身、迈过门
一切都将只存在于我的记忆中
但那是不可靠的
我不愿

向时间
屈服
这是最后的一秒钟
我要
深呼吸

看不破的镜花水月啊
也许我无法真正了解你
会有一天
当我们都鬓发如雪
是否会
泪流满面?

也许
只有记忆是不变的
所有的开始都只是为了结束
所有的美好都只是为了留恋
我无法将时空收回
你和我
站在银河的那一端
回望
苍茫

还未消逝的年华啊

我为你惋惜
可我留不住你
从我的指间盈盈滑落

一切的一切
都只因为
我们的青春
太热血

岁月的洪波啊
你带走了我的牵挂
却带不走
我那漂泊无依的心
在风雨中
飘零

忘不了回忆中的颤抖
泪珠轻易落下
可怎么不见泪痕
其实
心中已百孔千疮
滴血

我想放声

呐喊——

我是与你擦肩而过的一片云
也许我不能等你到永远
但
你中有我
我中有你

作者自评

这首诗是对一段关系（友情）的挽歌。由于我们太年轻气盛，这段关系濒临破裂。当转身迈出脚的那一刻，我感到痛心、不舍，甚至遥想未来的某天我们都会为此刻的决定而后悔。虽然将要分手，但我认识到其实我们都无法把对方给自己生命造成的影响抹去，如同相交的两片云。

应该珍惜友谊，不应该为一时冲动而造成终生的遗憾。

咏　月

二零零四年九月二十八日，为中秋，月圆，后入云。感叹，作此篇。

（一）

一轮浑然的圆月
泛着微红的光
出现在东方的天际

今夜，你圆满了
如同刚酿好的醇酒一般
散着幽香
你毫不吝惜地
把你积攒了三百六十五日的光辉释放
让它倾泻于万物之上

今夜的梦魇也沾染了你谜样的发香
只一次，你是这冥冥暗夜的主宰
展一回风华尽露
你用你温润的玉指
抚一抚沉睡的水中倩影

你的一颦一笑
倾倒了众生
你回风舞雪的月华
给万物之灵蒙上圣洁

在迷离的梦境中
有你皎洁的身影
亦有你的如水清光

你隐入云端
消了颜色，散了芬芳
我再也追赶不上
你的月光与清香

啊，我早知你会西去
一年一年，飞逝而去
古往今来，你记挂了多少诗篇
你塑造了多少乐章

无尽的时光，只不过是你的过眼云烟
无人能截一段你的清辉
填补于心

而你，一轮倾倒众生的娉婷之月
依然在无尽的轮回中
圆满或者亏缺

（二）

也许我无法斟酌出绝妙的言辞
去描摹你的如水清光
千里一明的月华
照进了我梦中的故乡

初月出云
那月是何等的清朗
衣我以华裳
一如水般空灵澄澈
可掬，可饮，可醉，可尽
一如一曲甜美的天籁
一如一阵幽幽的暗香

泪珠飞舞如梦
折射着柔柔的月光

映照着芳草凄迷
映照着月明星稀
远方，云淡风轻

一轮晶莹的明月
不会为谁停留
而岁月如歌
在枫叶的露水间
一起把你
化为永恒
化为不朽

教师点评

明月是文人心中最钟情的意象，中秋的圆月最能触动人们敏感的神经，这时的月亮已经不是高悬在空中的客观物象，而是饱含着诗人情感的一个个美好的精神寄托。人间的喜怒哀乐、悲欢离合无不浸润其中。

——王补社

水　墨

久违了的冰弦
滑过指尖
已没有了明月玉阶
该怎样流出一袭高山流水

雨幕接天
抛珠撒玉
浇灭这炎夏的热浪

滑过闹市的喧嚣
那云中净土
是否仍青翠如初
该如何追寻，那已经弃我而去的诗意

罢了
凝眸于这张水墨
斑驳的蓊郁中
沉淀了一世的宁静

教师点评

艺术的魅力在于宁静致远。浮华的世界、躁动的心灵需要艺术的滋润才能洗尽铅华，归于平静，精神得以升华。

——王补社

三 峡

群山苍苍兮夹岸生
江水洋洋兮生烟
近山叠翠，远山空灵
江风之清兮拂我衣
江水之浑兮濯我足
江水之时静兮不觉船移
江水之时动兮洪波涌起

夕晖洒素江，跃作万点金
清风微簇波，苍山如墨
繁星渐明，皓月映素江

小三峡

山青青兮欲滴
水澹澹兮泛碧
兰舟轻捷，驶入画图深处
奇山秀丽，碧水旖旎
幽涧飞泉，薄岚生烟
彩蝶翩翩，莺啼婉转
夕阳布余晖，游船破水归
回望青山开复合
绿水脉脉依舷边
何日得重游？

教师点评

小三峡风景如画，秀美神奇。看不完的奇峰壁立，竹木葱茏，听不尽的婉转莺啼，猿声阵阵。一江碧流，瀑布凌空，彩蝶飞舞，饶有野趣。踏入小三峡，回归大自然，总能让人生出乐而忘返的体验。

——王补社

初 夏

在初夏的清晨里
微风滑过绿叶
女贞树的淡香
弥散站在风里

如水的骄阳
跳跃的迷离
路转溪头
忽见你的踪迹

只是低首间
一朵绯红的水莲花
悄然盛开在心底

独倚筝前
琴声悠悠
能否到达你的耳际
纤纤十指
只是弹拨间
一朵浪花，却抚平了勇气

漫步在小路旁
撑一把浅绿色的太阳伞
千百度的寻你
却怎么不见你的踪迹
只是顾盼间
一朵白云
泫然飘在天际

在初夏的傍晚里
远眺窗外
只是想念间
心中的一阵雨，却打湿了记忆

哦，十六岁的心意
点点滴滴
串联成那如雪的白衣

风　暴

风暴来了
一阵雨作了引子
咚咚嗒嗒、咚咚嗒嗒
愈响愈急
愈响愈烈
溅起无数水花
心乱如麻

闪电划破长空
闷雷涌动
蓄势着
像易怒的野兽
大地瑟瑟

啊！终结——
我不敢睁眼
只感到
雷电划过我的心间
我已忘了痛
只要笑容能饰得过泪珠涟涟

静了
天空总在这时
才投下谄媚的阳光
茫然
花儿抬不起头
因为她不知道
什么时候
风暴会再来

作者自评

这首小诗表现了父母的争吵对孩子造成的心理伤害。一个和睦的家庭是孩子安全感的来源。

秋天的味道

窗外的雨丝细密缠绵
在这四五月的青翠中
我却忽地嗅到了秋的气息

尽管这善解人意的雨阻隔不了馥郁的花香
氤氲的水汽弥散不了如烟的翠碧

雨声袭我以透明的忧伤
我突然将如烟的往事回想

想起我儿时的月夜曾怎样晴朗
以及我来到这个世界的那个晚上

如美酒般醇香

是否都一去不再复往

我突然想到了许多
遥远的未来，以及遥远的地方

试问那江南的湖上是否仍有女儿采莲涉江
接天的雨荷是否依旧清香

耳边响起似曾相识的美妙乐章
就让那清笛消释在这雨里
带去我的惆怅
以及那亘古的思罔

教师点评

秋天的味道不是满目的萧条，也不是心中的悲凉，而是一种经历过的体会，一种沉淀过的成熟。回忆过去与憧憬未来，一样让人怦然心动。

——王补社

观奥运有感

溢彩流光夜华璨，燃熊熊圣火。
干戈未启乐先闻，十里硝烟漫。
杀人如草不闻声，锱铢论成败。
纵横百转一挥间，风突起云变。
红旗高悬歌声曼，傲视群雄赤龙舞蹁跹，
胜败拼争笑泪伴，喜忧皆参半。
人生真意亦如此，血染沙场谈笑间。

流　云

天上
无端飘来了一朵流云
又悄悄飘去
我本想挽留你
你却停不下那远行的足迹
我又想追寻你
可我没有那对羽翼
只恐会欲飞不起
我只好化身为风
想改变你的踪迹
无心却吹散了你
四散难觅
我追悔莫及

你是天边的一朵流云
注定要漂泊无依
蓝天才是你永恒的伴侣
我空守大地
望着你，渐渐消失在我眼底
只见云淡风轻，流云过往
我已分辨不出你的踪迹
只想道一声——
对不起

作者自评

少年人的友谊总是充满了起起伏伏。若按照自己的意愿去改变一个人的本性，必然会对友情造成伤害。朋友需要相互尊重。

桐　花

风，划过……

树的绿裙翻飞

桐花落下

我轻叩记忆的门扉

去把她昔日的美丽探寻

洁白如新娘的头纱

在阳光下摇曳

如今飘向何方

残留一树暗香

教师点评

敏感的心常常为生活中的点点滴滴而动，一朵花、一株草、一片流云、一缕微风，都能勾起我们对往昔的回忆，对生命的体味。当我们热爱生活，留在我们心中的永远都是美好的。

——王补社

雨　莲

天上
有一丝纤纤的云
在我心里
淅淅沥沥
下起了多愁的雨
虽被这雨淋个湿透
我却惊异地发现
每一滴雨
都有美酒的甘冽与醇芳
于是，在那烟雨更深处
便绽放出一朵贪杯的莲

作　别

独坐窗前，任思绪飘荡
忆起很久以前
在很远的地方
那满载我童真的小车哪个角落蒙尘？
小花伞、洋娃娃、蝴蝶结
铅笔、小书包、算盘
儿时的星空、草地、虫鸣
如今散落在时空中，风烟俱净
我将如何把它们一一拾起
串成一帘幽梦？

我转想未来
尽管未来近在咫尺，曙光乍现
我仍看不透，那一层如烟的薄暮

时光的结局，岂是望穿秋水就可以参透？

未老的心也变得沧桑
我将以什么姿态
来作别往昔的云彩
迎接明日的朝阳？

春雨初晴

心情比天气更多变
心意比白云更悠然
只是无论飘向何方
另一端
总牵着对你不变的守候

远山青如你的眼眸
我如云朵，时而飘升
在你的峰顶积聚为天使的光环
时而斜飞
在你的颈间飘洒成洁白的丝绸

春日的风，微醺如酒
可以邀谁共醉？

满枝繁花喧闹
而骤雨过后，绿肥红瘦

青春易老
轮回不曾间断
时日如梭
花季尚盈几许？

万水千山
我欲穷尽
这一切是否有尽头？
而你只给我一个冥冥的眼神
一声悠悠的问候

作者自评

“你”是指心头牵挂的梦想。我由春光的消逝联想到韶华易逝。理想中对梦想的执着和现实中梦想实现的不确定性形成了一种矛盾，由此生出了一种复杂的情绪。

春日小语

春天的颜色
是草色遥看近却无
春天的气味
是花气袭人知昼暖
春天的感觉
是吹面不寒杨柳风
春天的心情
是秋千架上春衫薄

点绛唇·春

春来乍暖，细雨轻灵雾缥缈。雨润油膏，临蹊青青草。

烟笼翠柳，万缕系柔梢。野芳菲，燕啼莺归，无限春光好。

浪淘沙·秋思

窗外碧云天，黄花弄影。姿容为谁清减？秋雨滴破玉漏长，漠漠烟寒。

世间萍水聚，万事随缘。白云聚散无心愁。萧瑟秋风今又起，谁主悲欢！

赠别杨老师

清秋云气爽，风露滴清凉。
姣姣月娉婷，淡菊散馨香。
忆君初来时，信步物理堂。
葳蕤风华茂，言辞多激扬。
昼夜甘霖滋，苟以润瘠土。
举手识广博，谆谆记耳旁。
谦谦何所拟，亲兄并师长。
白云聚散不知愁，人生离合如参商。
匆匆数十日，桃李情谊长。
君自怀利器，纵失樱园[1]又何妨？
依傍曲江秦汉水，放眼天坛盛唐风。[2]
霓为翼兮风作马，月华千里伴君行。
今日万里风鹏举，明朝学界撷华英！

[1] 武汉大学的樱花园，代指武汉大学。
[2] “曲江”“天坛”代指陕西师范大学。

水调歌头·月夜思故人

玉女粲然笑，青天片无云。千里澄光似练，君当亦婵娟。独自凭栏眺远，举目我心悠然。望恒娥曼舞，思时日荏苒，往事岂如烟？

透窗棂，染霜台，照书案，玉盘冰转。悟理看花清水天，沧海寰宇风烟，皆曰美轮美奂。同道相励勉，风气扬云帆，志当存高远。

问　月

二十八个日夜的参禅
你就，功德圆满
然后盈缺，坠入下一个世间的轮回

你确是参悟红尘的智者
淡淡的一笑是那样神秘
两地相思的人儿总托你遥寄相思
而你，总是以绝顶智人的姿态出现在天宇
嘴角蕴着笑，无喜亦无忧

我有时会想，那么、你自己呢？
你会有自己的心事吗？
几亿年漫长的时空造就了什么样的凄婉与迷离？
你夜夜升起，初上柳梢头

可你约的人儿呦，为何迟迟不来
那太阳或许是你的恋人？
你在追寻她的路途中
把一段她的光芒
沾染在你的衣裳

人们总歌颂秋天的你
其实春天的你，又何尝减一丝风姿？
把淡淡的霜华洒向人间
即便不能灿若白昼
却营造了另一种朦胧
像一首柔美的钢琴曲
像一滴清澈的泪珠
而我，像个婴孩般躺在你的臂弯中
恬静又安详地
进入梦乡

教师点评

望月沉吟，遐思万里；有缘无缘，与月无关。佳人离去，空问酒盏；逝者如斯，浓愁轻叹。万里河山寻梦去，朦胧月下独超然。

——王补社

雨中秋意

雨帘很细密
遮住了我的视线
模糊了那极目的远岱
一摊碧草的尽处消融在雾气里
尚有的青意萦绕在天际

自在飞花轻似梦，无边丝雨细如愁
飞花细雨尚未相逢
因为它们之间隔了整整一夏

雨丝细细、清风习习
正如我的诗意
秋之将去
也许就应该是这样

若偶无细雨，仰望天空

必是一段湛蓝

湛蓝得让你忘乎所有

雨丝遐想

雨
在屋外
淅淅沥沥
我独坐窗前
那极远处
漾来的旋律
似乎把我
和那笼罩天地的水帘
融为一体
而映入我眼帘的
只有那首
写在草地上的
金色的诗

朋友（一）

有时你很淡
淡如一股清澈的溪流
缓缓流过芳草地
淡如一丝纤细的云
袅袅飞过青碧的天
你让我看见了
这世上，还有如水晶一般纯洁的心灵

有时你很烈
烈如一盅陈年的白酒
刺得我睁不开眼
在那清冽的外表下
竟蕴藏着如火的刚毅
你让我看到了

一颗如此执着的心

有时你很远
当你举目望天、不发一言
能不能告诉我
什么才能抹去你眸子里
那一丝挥之不去的惆怅
朋友，有时我真不懂你
读着你，我也会泛起迷茫

有时你很近
在漫长又崎岖的小路上
有你携手同行
无论前路是黑暗或是黎明
孤独都无踪无影
抑或，当我在琴弦上弹奏晦涩的古曲
只有你肯为我驻足聆听！

朋友，你的生日到了
今朝有酒今朝醉
让我们共同举杯
庆你的十六芳龄
祝我们的友谊万岁！

朋友（二）

流年是风
朋友是雨
风拂过面颊
不留一丝痕迹
雨淅淅沥沥
却潺潺流进我的心底

友谊是金
知音是玉
金玉同坚
永不退转

泪水为橹
笑语为帆

载上我们的期盼
一起驶向梦的彼岸

白云朵朵
落叶翩翩
拾尽了红叶啊
也道不尽我的思念

潮来汐退
日月轮转
转眼间芳草染绿江岸
夕阳红透天边

我要送你最美好的祝愿
愿你拥有扶桑般的笑靥
愿你青春常驻

纸与笔

当我的面前是一张白纸时
我会开始思索
我面前的是什么？
仅仅是纸吗？
不，不是
还有未知的希望
也许它现在一无所有
但它可以承载世间最美的色彩
可以写下人间最妙的诗句
记得我听过的一句话
一张纸、一支笔
可以创造一个世界

梦

有时你像秋水伊人
盈盈而至，在水一方
有时你像古曲松风
三日不绝，余音绕梁

我无法忘记
你——披着月光与清香的模样
于是，我拿起书本，一遍遍地逡巡……
渴望能见到你
可是，你却羞涩地躲起了我的目光

你无情地夺走了我的心
而丢给我，早生的华发
一并被你饮下的

还有我花季的快乐与忧伤

一次又一次的风雨砥砺，我已遍体鳞伤
却看见你为我掌一盏灯，站在远方
你的明眸，像暗夜里闪耀的星光
于是，我强忍住即将喷薄而出的泪水
咬咬牙，用最后一丝力气
向你攀缘、匍匐
前进

我懂了，其实你从未离开过我
每天清晨抬眼望见的
不是晨星，是你璀璨的双眸

教师点评

追求的过程是快乐的，也是痛苦的，而追求的鲜花总是为那些矢志不渝，风雨无阻的奋斗者绽放。

——王补社

自 勉

不要让悲凉占据了心灵
因为生命是一趟未知的旅行
途中有鲜花，青草，小河
也有丛林，荒原和沙漠
不要为途中的风景而迟下脚步
因为前方还有那无尽的路
坚信更美的风景便在未来
那逝去了的将会永驻心间

迷　航

迷航的船只
失去了方向
纵然身旁有通畅的航道
可那不是他想去的地方
还有那极目的远处
有灯塔发出亦真亦幻的光芒
但那只是一道绮丽的海市蜃楼
是个永远也无法到达的地方

啊！那汹涌的海面
浪大风又狂
可怜的迷航船只
要经历多少严酷风霜
才能走过这一段风雨迷茫

在这片海上
方向是无所谓有无的
因为这本是一片无边的海洋
又何必在意行船的方向

随便吧
就朝着夕阳
洒下一串殷切的希望
既然选择做一叶扁舟
就注定要漂在无边的海上

走吧
载满新的梦想
向着那海与天相接的地方
不再迷航

启 航

我是一只崭新的船只
曾经那么恬静地依偎在温暖的港湾
那么无忧无虑
和煦的微风轻拂我的帆
金色的阳光洒满我的桅
曾经的日子是那么单纯与亲切

听！就在此刻
出发的号角已经吹响
时间不允许我有一丝的迟疑
快像那离弦的箭，飞驰出去

我忽然想到了赋予我生命的主人
他灵巧的双手把我打造，又温柔地抚摸
看！前路的灯塔时暗时明

前方的海面绵延无尽
狂风暴雨能把我的帆布撕成碎片
白浪滔天似要吞噬我的船桅
还有那雷电交加的暗夜
那冰冷的海面上死一般的沉寂
啊！我有什么办法不让我的心儿颤抖不已

听啊！号角已经吹响，时间不允许我再迟疑
我就要启航
满载一船梦的星辉而去
让我再拥抱一下温馨的港湾
让我再亲吻一次柔情的海水
别了！你们将永远占据着我的梦境

不要哭，不要哭！
我知道你们爱我爱得深沉
可是啊
有些路，只能一个人走
有些孤独，只能一个人承受

教师点评

望月沉吟，遐思万里；有缘无缘，与月无关。佳人离去，空问酒盏；逝者如斯，浓愁轻叹。万里河山寻梦去，朦胧月下独超然。

——王补社